LUZIFER
VERLAG

RICK JONES

STADT UNTER DEM MEER

Diese Geschichte ist frei erfunden. Sämtliche Namen, Charaktere, Firmen, Einrichtungen, Orte, Ereignisse und Begebenheiten sind entweder das Produkt der Fantasie des Autors oder wurden fiktiv verwendet. Jede Ähnlichkeit mit tatsächlichen Personen, lebend oder tot, Ereignissen oder Schauplätzen ist rein zufällig.

LUZIFER
VERLAG

Überarbeitete Ausgabe
Titel der Originalausgabe: CITY BENEATH THE SEA

www.luzifer-verlag.de

Umschlaggestaltung: Michael Schubert | Luzifer-Verlag
Übersetzung: Madeleine Seither
Lektorat: Manfred Enderle

ISBN: 978-3-95835-727-3

Dieses Buch wurde nach Dudenempfehlung (Stand 2023) lektoriert.

Bibliografische Information der Deutschen Nationalbibliothek:
Die Deutsche Nationalbibliothek verzeichnet diese Publikation in der Deutschen Nationalbibliografie; detaillierte bibliografische Daten sind im Internet über *http://dnb.d-nb.de* abrufbar.

- PROLOG -

30 KILOMETER ÖSTLICH DER BIMINI ROAD

Am Morgen des 10. August 2014 ereignete sich ein Seebeben mit einer Stärke von 5,3 vor der Floridastraße. Der Meeresboden bewegte sich, Platten schoben sich übereinander, und das löste die Verschiebung großer Wassermengen aus, was riesige Wellenröhren entstehen ließ, die vom Epizentrum ausgingen.

Ungefähr dreißig Kilometer östlich von Bimini stand die fünfköpfige Besatzung eines alten Fischerboots auf dem Deck und beobachtete, wie die Tsunamiwelle unbändig auf sie zukam.

»Mein Gott«, flüsterte der Kapitän.

Alle unterbrachen ihre Arbeit, weil eine lähmende Angst sie zurückhielt. Dann rüttelte der Schiffskapitän seine Crew mit einer Reihe von Flüchen auf. Die Männer setzten sich umgehend in Bewegung. Da Schiffe so konstruiert waren, Wellen von vorne zu begegnen, drehte das Team bei, um auf die Woge zuzufahren. Doch sie war riesig und stieg stetig höher, und sie raste mit unglaublicher Schnelligkeit und Gewalt auf sie zu.

Und dann hob sich der Bug langsam, zunächst um fünfundvierzig Grad, dann immer weiter, bis der Winkel spitz zulief. Unvertäute Kisten schlitterten übers Deck, erwischten einige der Deckarbeiter, und pressten sie gegen die Laderäume beim Heckspiegel. Immer weiter hob sich der Bug, die Rumpfspitze näherte sich achtzig Grad, dann neunzig, und das Schiff befand sich in einem rechten Winkel. Dann hing ein Wasserdach über ihnen, wie mit albtraumhafter Schwerfälligkeit aufgespannt, das sie schlicht verspottete, darauf wartete, mit einer Wucht auf sie herabzustürzen, die in der Lage war, Holz zersplittern zu lassen.

Das Deck begann zu knarren, als das Holz überlastet wurde und barst. Risse zogen sich über den Boden. Das Schiff spaltete und teilte und trennte sich letztlich. Der Bug löste sich vom hinteren Teil, sodass sich zwei Einzelteile bildeten.

Der Kapitän und ein Seemann schafften es, sich an Deck festzuklammern, als die riesige Wasserröhre schließlich mit einer solchen Wucht auf sie einschlug, dass das gesamte Schiff unter Wasser gefegt wurde. Die drei übrigen Männer auf dem Heck waren augenblicklich verloren. Der abgetrennte Bug schoss wie ein Korken zurück an die Oberfläche und wippte dort einen Moment lang, bis das Schiff schließlich auf der Backbordseite liegen blieb.

Der Kapitän erklomm das Schiff, während es weiter über die hohen Wogen der Wellen fuhr. Sein Maat jedoch war verloren. Sein Körper tauchte nicht mehr auf.

Der Kapitän war viele Kilometer von der Küste entfernt und wusste, dass der Bug nicht viel länger schwimmen würde. Schlimmer noch, alle Rettungswesten befanden sich in einem Spind beim Heckspiegel, der sich jetzt unter der Meeresoberfläche befand.

Er sah nach Osten. Weitere Wellen kamen auf ihn zu, aber sie waren nicht mehr so groß. Dann sah er nach Westen, in Richtung Bimini. Er konnte nichts anderes erkennen als die davonziehenden Flutwellen, deren Kronen schaumweiß waren. Und dann verwandelte sich die

Luft in ein Vakuum, das an ihm zu ziehen und ihn niederzudrücken schien.

Etwa fünfzehn Meter links von ihm begann das Wasser zu schäumen und sich in einem Wirbel zu drehen. Die Oberfläche drehte sich wie ein Windrad, bis sie in der Mitte, wie bei einem Trichter, nach unten wegbrach. Der Bereich verwandelte sich in einen Strudel, der die Überreste des Treibguts einforderte. Das behelfsmäßige Floß des Kapitäns näherte sich dem wirbelnden Schlund. Das Schiff drehte sich mit jeder Umrundung schneller und schneller um den Trichterrand.

Dann begann seine gesamte Welt zu rotieren, während er nichts anderes als Karibikblau sah, bis er vollständig hinabgesogen war. Überrascht über die eigene Vergänglichkeit, riss er die Augen auf, als er zusah, wie die letzten Luftbläschen aus seiner Lunge wichen. Dann trieb er träumerisch zu Boden, die Arme seitlich ausgestreckt, als habe man ihn gekreuzigt. Kapitän Billy Trickett trieb langsam durch einen Krater, der durch die Schockwelle im Meeresboden entstanden war. Jener Boden hatte einst als Decke einer großen Höhle gedient, die jahrhundertelang darunter verborgen gewesen war.

Wo der Körper von Kapitän Trickett gemächlich auf dem Boden zu liegen kam, wirbelten Sandwolken auf. Pyramiden, größer als in Gizeh und Eden, standen auf dem Höhlenboden, nicht allzu weit von der Stelle entfernt, wo er lag. Große Bauwerke und Steinstatuen, ähnlich hoch wie der berühmte Koloss von Rhodos, ragten auf. Pfeiler und Säulen im griechischen Stil hielten noch immer die Decken von wie akropolisartigen Gebäuden, während andere Stützen vor Jahrhunderten eingestürzt waren. Und am Ende einer etwaigen

Kopfsteinpflasterstraße stand ein Kolosseum, das viel größer war als das von Rom.

Was das Erdbeben enthüllt, aber nicht zu zerstören vermocht hatte, was Kapitän Trickett posthum entdeckt hatte, war eine Stadt unter dem Meer …

… und die furchtbaren Wahrheiten und Schrecken, die dazugehörten.

–1–

DAS ARCHEOLOGICAL INSTITUTE OF ANCIENT ANTIQUITIES (AIAA) VOR EINER WOCHE

Auf den Tag genau vier Monate nachdem Alyssa Moore beinahe beim Einsturz des letzten Tempels von Eden ums Leben gekommen wäre, hatte sie ihr Baby verloren; das Kind war im ersten Monat des zweiten Trimesters gestorben.

Nie hatte sie sich so ausgehöhlt und leer gefühlt. Nicht in der Lage zu sein, ihr Kind am Leben zu halten, hatte ein ausgeprägtes Gefühl der Unerfülltheit hinterlassen, egal, wie tief sie sich in ihrer Arbeit zu verlieren versuchte. Es schien einfach nicht genug Raum zu geben, um vor dem Schmerz davonzulaufen, weil ihr Schmerz nämlich kein Problem damit hatte, sie aufzuspüren. Mit der Zeit war ihr lebhaftes Naturell zu einer schmalen Emotionsbandbreite verkümmert, matt und gedämpft, und in ihren Antworten klang oft die kalte Fassung einer Maschine mit.

Ihr Partner, John Savage, machte sich zunehmend größere Sorgen um ihr Wohlergehen. Sie verlor Gewicht und ihre Hautfarbe, einst kräftig wie gegerbtes Leder, verwusch sich zu einer blassen Schattierung, blass wie ein Fischbauch. Rote Streifen durchzogen das Weiße ihrer Augen umfassend und verliehen ihnen ein arthritisches Aussehen. Trotz der Folgen vollkommener Erschöpfung zwang sich Alyssa, bis in die frühen Morgenstunden über Dokumenten zu brüten und sich mit ihnen abzuplagen. Und obwohl es heißt, Zeit sei ewig, schien sie nie genug davon zu haben.

John betrat ihr Büro im Erdgeschoss des Hauses im Schlafanzug. Sie hingegen trug keinen: Ein Zeichen dafür, dass sie überhaupt nicht ins Bett gegangen war.

Wieder einmal.

»Liebling.« John wirkte beunruhigt und bekümmert.

Doch sie bedachte ihn mit einem neutralen Blick, der sich weigerte, ihre Gefühle preiszugeben. »Ich weiß«, sagte sie ausdruckslos. »Du willst mich fragen, warum ich nicht ins Bett gegangen bin. Und die Antwort ist die gleiche wie immer, John: Ich habe zu tun.«

»Du wirst dich noch krank machen«, sagte er zu ihr. »Das weißt du, nicht wahr?« Er setzte sich in einen Ohrensessel gegenüber ihrem Schreibtisch. Irgendwo zählte eine Wanduhr die Augenblicke ab.

Sie sah zu John. Sie liebte ihn von ganzem Herzen. Und ihre kaltherzige Einstellung, ihn abzuweisen, ohne es groß zu bereuen, tat ihr weh. *War das Baby nicht genauso ein Teil von ihm wie von mir? Leidet er nicht genauso wie ich?*

»Es tut mir leid«, sagte sie schließlich. Ihre Stimme war leise und brüchig. »John …« Sie unterbrach sich.

Sein Ton war ebenso leise und sanft. »Alyssa, ich liebe dich so sehr, dass es mich umbringt, dich so zu sehen. Du bist nicht du selbst. Ich weiß, dass es schwer ist, ein Baby zu verlieren. Mir geht es genauso. Aber es ist an der Zeit, damit abzuschließen, wissend, dass wir eines Tages eine Familie haben werden. Es wird geschehen.«

Sie suchte erneut Zuflucht in ihrer kühlen Resilienz und jener gewissen Steifheit in ihrem Auftreten. »Willst du sagen, dass es einen Grund dafür gibt? Einen, den wir nicht verstehen sollen?«

Die plötzliche Veränderung in ihrem Verhalten, weich und offen in einem Moment, eiskalt und verhalten im nächsten, schien ihn traurig zu stimmen. »Ich will meine Alyssa wiederhaben«, erklärte er ihr. »Ich will die lebendige Frau zurück, die die Stärke und den Mut besaß, Berge zu versetzen, um an die Fakten zu kommen, ungeachtet des Preises.«

Ihre Miene entspannte sich. Sie hatte die ganze Nacht über Dokumenten über Ausgrabungen und Antiquitäten gebrütet, Dokumente, die sie schon über tausendmal zuvor gelesen hatte.

»Wenn der richtige Zeitpunkt gekommen ist«, sagte er liebevoll zu ihr, »wird uns ein Kind geschenkt werden.«

Tränen sammelten sich in ihren Augen, als sie zur Decke blickte. »Nein«, sagte sie. »Nicht mehr. Nicht, nachdem wir wissen, was 2026 passieren wird.«

»Alyssa, wir wissen nicht, ob der Kalender in Eden korrekt interpretiert wurde. Du hattest keine Zeit, um ihn eingehend genug zu studieren.«

»Es geht nicht nur um den Kalender, John. Du hast *sie* gesehen«, äußerte sie scharf. »Du hast diese Dinger in der dritten Pyramide unter dem Sand gesehen. Das war ein Labor, John. Und was den Kalender betrifft, *war* es mir erstaunlich klar, dass die Menschheit um das Jahr 2026 ersetzt werden wird, weil wir es als Rasse vermasselt haben. Und weil wir es vermasselt haben, werden wir vollständig ausgelöscht werden … und ich würde mein Kind nicht leiden sehen wollen …« *Wenn ich ein Kind hätte …* »wenn das Ende kommt.« Dann, während ihre Augen einen distanzierten Blick annahmen, fügte sie hinzu: »Vielleicht war es ein Segen, dass wir kein Kind bekommen haben …«

Eine Träne löste sich aus ihrem Augenwinkel – eine funkelnde Perle – und lief über ihre Wange hinab. Das war der erste Riss im Damm. Eine zweite Träne folgte, dann eine dritte, bis der Damm schließlich brach und die Mauer zersprang. Es platzte als Schluchzen aus ihr heraus, während ihre Brust unter erlösendem Weinen bebte. John war bei ihr und hielt sie in den Armen. Er sprach mit einer tröstenden Stimme zu ihr, die so sanft klang wie eine Brise; sein Tonfall leitete sie, liebte sie, wurde zur Stimme ihrer Erlösung.

Als John sie die Treppe hinauf und ins Schlafzimmer brachte, ließ er sie unter den Decken ihres Bettes weiter schluchzen. Er wusste, dass die Erschöpfung sie schlussendlich überkäme. Und während sie schlief, sollte sie von Pyramiden unter dem Sand träumen. Und von den schrecklichen Geheimnissen, die sie verbargen.

John Savage beobachtete die Frau, die er liebte, tief in sanfter Ruhe schlafen. Dann ging er hinunter ins Büro des AIAAs, um sich um die Arbeit zu kümmern. Es gab Zuschüsse zu sichern, Zuschüsse, die halfen, zukünftige Abenteuer zu unterstützen. Hoffentlich würden solche Erkundungen und der Nervenkitzel der Jagd sie ihm wieder zurückbringen.

Er schloss die Augen, als er sich an ihren Schreibtisch setzte, auf welchem Bündel von Papieren wild verstreut lagen. Die Unordnung reflektierte, wie sie sich im Moment fühlte: durcheinander. Und das wusste er, weil er selbst schon an einem solchen Punkt in seinem Leben gewesen war, als er sich an einem bösen Ort befunden hatte, der sowohl dunkel als auch bodenlos gewesen war.

Vor nicht allzu langer Zeit hatte er sein SEAL-Team zu einer Rettungsmission in die Philippinen geführt, während er geistig und emotional beeinträchtigt gewesen war, und seine mangelnde Achtsamkeit hatte ihn schlussendlich die Leben seines halben Teams gekostet, sowie die der primären Rettungsziele. In den darauffolgenden Monaten war er einer Dunkelheit wie keiner anderen verfallen, einem obsidianschwarzen Loch ohne Ausweg.

Dann hatte er Alyssa getroffen, ein kluger Kopf und eine lebhafte Person, die nach ihm gegriffen und ihn aus seinem dunklen Morast befreit hatte. Sie war eine Meisterin im Übersetzen archaischer Sprachen – brillant, genau genommen –, was sie von ihrem Vater gelernt hatte, dem Entdecker Edens, einer unter dem Sand der Türkei verborgenen Zivilisation.

Sie hatte ihn auf das Licht des Optimismus zugelockt, ihm aufgezeigt, dass das Leben immer voller Schwierigkeiten sein würde, die nie zu schlimm wären, um sie überwinden zu können. Und so war sie zu seiner Retterin geworden. Nun war die Zeit gekommen, dass er zu ihrem Retter wurde.

Er sah auf die Uhr.

Der Tag schritt voran.

Dann fragte er sich, ob auch ihre Heilung voranschritt.

… *Tick* …

… *Tack* …

–2–

ETWA EINE MEILE ÖSTLICH DES KRATERS VON BIMINI VOR VIER TAGEN

Unter einem absolut gleichmäßigen Himmel, an dem keine einzige abtrünnige Wolke zu sehen war, steht eine Ölbohrinsel. Obgleich sie sich wie eine Station zum Bohren nach und Fördern von Öl zu verhalten und zu funktionieren scheint, tut sie alles andere als das. Es ist eine Einrichtung, die vom Pentagon und dem Verteidigungsministerium entwickelt wurde, nicht um fossile Brennstoffe zu fördern, sondern um als Labor zu dienen.

Paul Scott leitete das Team und legte einzig dem Verteidigungsminister Rechenschaft ab. Er war groß und schlaksig, mit einem olivfarbenen Teint. Er hatte eine hohe Stirn, was ihn weit älter aussehen ließ als seine dreiunddreißig Jahre. Und wenn er sprach, tat er das monoton, eintönig und gleichmäßig, was seinen begrenzten Emotionsumfang bewies und zu einem gewissen Grad seelenlos wirkte.

Er stand mit zwei Soldaten, beide von der Navy, am Geländer, und sah zu, wie die See schaumig brodelte, als ein Mini-Tauchboot seinen Aufstieg begann. Als es auftauchte, war eine eiförmige Kapsel mit Segeltuchgurten an seinem Deck befestigt. Die Kapsel war jedoch beschädigt, die Glashülle vor einer Ewigkeit zerbrochen, was dem Salzwasser ermöglicht hatte, hineinzusickern und das einst lebendige Gewebe darin zu zerstören. Trotz seines zerstörten Zustands konnten die Männer erkennen, dass es eine Art Hominid war, der sich in einer Embryonalstellung zusammengezogen hatte; der Prozess der Geburt war nicht ganz vollzogen. Es war groß, beinahe zwei Meter fünfzig, mit Gliedmaßen so dünn wie Besenstiele, jetzt hauptsächlich Knochen, mit einigen wenigen Resten verwesten Fleisches, die noch immer träumerisch um seinen Skelettkörper schwebten.

Lieutenant Commander Stephen Percival beugte sich neben Paul Scott und dem stellvertretenden Commander übers Geländer vor und kniff die Augen zusammen, um besser sehen zu können. »Es sieht humanoid aus«, bemerkte er rhetorisch. »Groß … was immer es ist.«

Obwohl die Risse im Glas von haarfeiner Struktur waren, war die Kapsel in der Lage, das Wasser zu halten, ohne übermäßig zu tropfen, was das Subjekt im Inneren wie ein in einem Glas voller Formaldehyd von der Farbe dunklen Urins gefangenes Laborexemplar wirken ließ.

Nachdem die Riemen von der Kapsel gelöst und erneut an den Leinen einer Kranwinde gesichert wurden, hob der Kranfahrer die Kapsel vom Tauchboot, bewegte sie so, dass sie direkt über einem rechteckigen Lagercontainer schwebte, und ließ sie dann vorsichtig in die Vertiefung hinab, wo sie auf einem Bett aus Trockeneis zum Liegen kam.

Langsame Nebelwolken und -wirbel vom Eis kräuselten sich um die Kapsel und verhüllten sie. Dann wurde ein Deckel am Container angebracht und verschlossen. Nach einer Handgeste von Paul wurde die Metallwanne zu einem Aufzug bewegt, mit welchem die Überreste in ein Labor auf den oberen Ebenen gebracht und anschließend untersucht werden würden.

Dann ertönte nördlich von Pauls Standpunkt ein Signalhorn, das die Ankunft eines zweiten Tauchboots in einer anderen Landungsbucht signalisierte. Scott und seine Militärberater gingen rasch dorthin und positionierten sich gerade am Geländer, als das zweite Tauchboot aufzutauchen begann. Wie auch das erste, hatte es eine Kapsel an seinem Deck befestigt, nur dass diese Kapsel in jedem Aspekt makellos war. Das Glas war klar und unbeschädigt. Und die Flüssigkeit im Inneren der eiförmigen Hülle war von einem verblüffenden Saphirblau. In dieser quasi-amniotischen Flüssigkeit schwebte etwas Humanoides, etwas von beträchtlicher Muskulatur und Größe.

Als die Kapsel an den Haken des Kranwindensystems befestigt und in sein Lagerbehältnis voller Trockeneis gehoben wurde, regte sich etwas im Inneren – ein schlichtes Beugen der Hand des Hominiden, als er seine Handfläche flach gegen das Glas drückte.

Nach unzähligen Jahren, in denen es unter dem Meer begraben gewesen war, war etwas noch nie Katalogisiertes im Inneren der Kapsel am Leben.

–3–

DAS ARCHAEOLOGICAL INSTITUTE OF ANCIENT ANTIQUITIES (AIAA) NEW YORK CITY, NEW YORK HEUTE

Wenngleich Alyssa Moore gut ausgeruht wirkte, mit mehr Farbe im Gesicht und Augen, die nicht länger ein blutigrotes Aussehen hatten, war sie noch nicht über den emotionalen Berg. So etwas wie eine einfache Lösung gab es nicht, nachdem man ein Baby verloren hatte, kein Allheilmittel, mit dem man vergessen und einfach weitermachen konnte. Aber sie hatte eine langsam wirkende Arznei: ihre Arbeit. Doch selbst Berichte über potenzielle Entdeckungen durchzugehen und antike Symbole zu übersetzen, wurde langsam langweilig. Was sie brauchte, war die Art von Außeneinsatz, der ihre Handflächen wund und kratzig vom zu vielen Graben machen würde. Obwohl sie über finanzielle Mittel von einer nahegelegenen Universität verfügten, um eine Ausgrabung in der Türkei zu beginnen, warteten sie darauf, dass das türkische Ministerium sie mit den angemessenen Genehmigungen ausstattete.

Und das konnte Monate dauern.

Als sie gerade für heute abschließen wollte, erklang die Glocke über der Tür, die immer dann klingelte, wenn jemand die Tür öffnete und sie anschlug, mit einem weihnachtlichen Geklingel.

Zwei Männer in langen Mänteln standen im Foyer. Einer trug eine dicke, elastische Aktentasche, die mit dicken Riemen zugebunden wurde. Der andere stand da und musterte den Raum, bevor er seinem Partner etwas zuraunte, der schließlich ein schwaches Nicken zur Antwort gab. Beide Männer schienen nüchterne Geschäftsmänner zu sein, einer eine Kopie des anderen. Beide trugen weiße Hemden und rote Krawatten und ihre Schuhe hatten diesen auf Hochglanz polierten Schein.

Alyssa verließ das Hauptbüro, das direkt neben dem Foyer lag, und begrüßte die Männer mit einem kleinen, aber entschuldigenden Lächeln. »Es tut mir leid«, sagte sie. »Ich will gerade schließen.«

»Ms. Moore«, sagte der Größere der beiden. Sein Lächeln war echt; seine Lippen zogen sich zurück und zeigten perfekte Zahnreihen. »Mein Name ist Jeremiah Dillinger«, sagte er, zog seine Brieftasche aus der Innentasche seines Mantels und klappte sie auf.

Alyssa beugte sich vor, nahm sich einen Moment, um den Ausweis zu lesen, und zog dann eine Augenbraue hoch, als sei sie beeindruckt. »Das Pentagon«, sagte sie.

Dillinger steckte die Brieftasche in ihre angestammte Tasche zurück. »Mir ist bewusst, dass es spät ist, und ich entschuldige mich.« Dann drehte er sich zu seinem Partner um. »Mr. Willoughby …«, sagte er schlicht als Vorstellung zu ihr, »… und ich hätten gerne einen Augenblick Ihrer Zeit.«

»Worum geht es?«

Er zeigte auf ihr Büro. »Wir bitten nur um einen Moment.«

Nach einer Sekunde nickte sie. »Bitte, meine Herren, setzen Sie sich.«

Beide Männer taten es. Dillinger nahm sich die Zeit, die Riemen zu öffnen, während Alyssa um ihren Schreibtisch herum ging und ihren Platz einnahm.

»Wie kann ich Ihnen helfen?«, fragte sie.

Dillinger holte eine dicke Aktenmappe aus seiner Ledertasche und legte sie auf seinen Schoß. »Ms. Moore, ich möchte damit anfangen, Ihnen mitzuteilen, dass Sie das Interesse gewisser wichtiger Pentagonmitarbeiter auf sich gezogen haben, nachdem Sie Eden entdeckten.«

»Mein Vater hat die Entdeckung gemacht«, korrigierte sie ihn.

»Das ist wahr. Doch es waren Ihre nachfolgenden Entdeckungen im Inneren dieser Tempel und Krypten von Eden, die ihre … sagen wir … ungeteilte Aufmerksamkeit erregt haben.«

»Und weiter?« *Worauf wollen Sie damit hinaus?*

»Vor zwei Jahren gab es ein Erdbeben mit einer Stärke von Fünf-Komma-Drei vor der Floridastraße.«

»Ich erinnere mich«, sagte sie. »Ich glaube, fünf Menschen verloren ihr Leben, alle von einem Fischdampfer.«

»Das ist korrekt. Als jedoch eine Such- und Rettungsaktion für die Crewmitglieder begann, wurden Bruchstücke des Schiffs etwa fünfundzwanzig bis dreißig Kilometer östlich von Bimini gefunden. Zu diesem Zeitpunkt wurde eine Anomalie entdeckt.«

»Eine Anomalie?«

Dillinger schlug den Einband der Aktenmappe auf und nahm das oberste Foto, ein Satellitenbild von der Region des verschollenen Schiffs. In der Mitte der Fotografie befand sich ein perfekter Kreis aus tiefem Blau, der von türkisfarbenem Wasser umgeben war. Es sah aus wie eine prächtig gefärbte Pupille, die in einer blauen Iris zentriert war.

Sie betrachtete das Foto. »Okay. Ich schaue mir also ein blaues Loch an.«

»Das ist es und das ist es auch nicht«, antwortete er. »Dieses Foto wurde einen Tag nach diesem hier aufgenommen.« Er reichte ihr eine zweite Fotografie, die nichts als eine Fläche von türkisem Wasser zeigte. Kein blaues Loch. »Das ist der *exakte* Bereich, am Vortag aufgenommen, als man russische Fischerboote zu nahe an den amerikanischen Seegrenzen glaubte. Der exakt gleiche Punkt.«

Sie betrachtete beide Fotos. »Sind Sie sicher?«

»Es wurde bestätigt«, sagte Willoughby. Er sprach zum ersten Mal. Seine Stimme hatte ein Näseln, das Alyssa irgendwie nervtötend fand. »Es öffnete sich, nachdem sich das Erdbeben ereignete«, fügte er hinzu.

Sie hielt die Fotos mit den Bildseiten zu den Männern hin hoch. »Und Sie zeigen mir das, weil … warum?«

»Das ist nicht nur ein blaues Loch«, sagte Dillinger. »Wie ich bereits sagte: ja und nein.«

»Bitte hören Sie auf, sich im Kreis zu drehen, und kommen Sie zum Punkt.«

»Es ist ein Eingang«, erklärte er ihr.

»Zu was?«

Dillinger nahm weitere Fotos, ein ganzes Bündel. »Was Sie hier sehen, ist ein Eingang zu etwas, das siebzehn-, vielleicht achtzehntausend Jahre lang unter dem Meer begraben war.« Als er sah, dass er ihr Interesse zu wecken begann, reichte er ihr die Bilder.

Alyssas Augen weiteten sich langsam zur Größe von Hostien und zeigten jede Menge Weiß. Sie begann, durch die Fotografien zu blättern, und nahm alles eifrig prüfend auf. Dann bemerkte sie, dass die drei Hauptpyramiden genau wie die in Ägypten ausgerichtet waren und die gleiche Sternenstruktur veranschaulichten, wie die drei Hauptkörper im Oriongürtel: Alnitak, Alnilam und Mintaka. Was sie hier sah, war ein Faksimile der Formation von *Edens* Pyramiden, eine Hommage an die Götter. Dann studierte sie die Statuen, die ähnlich groß wie der Koloss von Rhodos waren, wenngleich der Koloss nicht mehr stand und schlicht als Weltwunder kategorisiert war. Und dann gab es die gewaltige Bühne eines Kolosseums, eine riesige Arena, welche die von Rom in den Schatten stellte.

Sie überflog die Fotos weiter.

Endlich, als sie aufsah, sagte sie: »Das haben Sie in dem blauen Loch gefunden?«

Dillinger nickte. »Die Kohlenstoffdatierung bestätigt das Alter der Bauwerke. Wie sich die Decke mit der Zeit entwickelte, bleibt offen für reichliche Debatten und Theorien. Doch wir nehmen an, dass *diese* Stadt einst eine bedeutende Zivilisation an der Küste war.«

»Am Ende der Bimini Road?«

Willoughby hob eine Hand, wie um ihrer Fragestellung Einhalt zu gebieten. »Ich weiß, was Sie denken«, sagte er. »Die Bimini Road. Das Land, das Plato Atlantis nannte … Aber so weit sind wir noch nicht.«

»Aber Sie haben darüber nachgedacht, ja?«

Willoughby nickte. »Haben wir. Und es existiert die Möglichkeit, dass dies ein *Teil* von Atlantis sein könnte.«

Das Märchen von Atlantis wurde immer mehr von einem Mythos zu einer Wahrscheinlichkeit, seit wissenschaftliche Hinweise begannen, ein Licht auf große Städte vor dem Schmelzen der Polarkappen von vor zwanzigtausend Jahren zu werfen. Jener Schmelzvorgang hatte elftausend Jahre gedauert und während dieser Zeit waren große Städte, die an den Küsten florierten, überflutet worden und verschwanden, was dafür gesorgt hatte, dass neue große Städte an neuen Küsten gebaut wurden, als die Polarschmelze vorbei war. In jüngerer Zeit war eine große und massive Pyramide vor der Küste Japans entdeckt worden. Man nahm an, dass das Bauwerk einst über Wasser gestanden hatte, und es wies geometrische Winkel auf, die nur menschengemacht sein konnten.

»So erstaunlich all das auch ist«, sagte sie, »warum zeigen Sie es mir?«

»Vor vier Tagen«, begann Dillinger, »wurde eine Entdeckung gemacht. Zwei Kapseln wurden an der Stelle aufgefunden. Eine war intakt. Die andere weniger.« Er zeigte auf die Fotografien in ihrem Schoß. »Ganz am Ende des Stapels werden Sie sehen, warum.«

Sie ging die Fotos durch, bis sie zu seiner Serie von etwas kam, das eiförmige Kapseln zu sein schienen. Unten an jeder Kapsel standen prä-sumerische Symbole, Zeichen, die sie schon einmal in den Tempeln und Krypten von Eden gesehen hatte – alles wies darauf hin, dass diese Stadt unter dem Meer eine Verbindung mit der Stadt Eden hatte.

»Wie gesagt«, führte Dillinger aus, »diese Symbole korrespondieren mit den Symbolen, die Sie in Ihrem Buch erwähnten. Es sind die Gleichen, was auch der Grund dafür ist, dass sie der Regierung ins Auge sprangen.«

»Sie meinen dem Pentagon«, setzte sie nach.

»Natürlich.«

Sie betrachtete die Fotos der Kapseln. »Sie sind leer«, sagte sie schlicht. »Und ich habe sie schon einmal gesehen. In der dritten und letzten Pyramide von Eden. Derjenigen, die den Stern Mintaka repräsentierte, woher sie vermutlich stammen.«

»Und wenn Sie ›sie‹ sagen?«, fragte Willoughby.

Sie sah zu ihm, dann zu Dillinger. »Die dritte Pyramide war ein Labor. Und die Kapseln beinhalteten lebende Exemplare … Oder wollen Sie mich darüber belügen und alles abstreiten?«

Dillinger und Willoughby sahen einander an. Dann zuckte Willoughby mit den Achseln und nickte Dillinger zu. *Erzählen Sie alles.*

Dillinger tat es an Alyssa gewandt. »Ja«, gab er zu. »Es waren Exemplare darin.«

»Ungefähr zweieinhalb Meter? Muskulös? Haarlos?«

»Sie wissen es«, sagte Willoughby. »Sie haben sie gesehen.«

»Ich habe etwas gesehen«, erwiderte sie. »Jenes Labor in Eden war unserem Erkenntnisstand viele Jahre voraus. Wir nannten diese Dinger ›Wächter‹. Die Bibel würde sie Nephilim nennen. Sie waren die Hüter, die über die Kapseln wachten und sie beschützten.«

»Sie gehören einer außerirdischen Rasse an«, sagte Dillinger.

Alyssa korrigierte ihn augenblicklich. »Nein. Tun sie nicht. Sie wurden hier biotechnisch entwickelt. Das wurden sie alle.«

»Von wem?«, fragte Willoughby.

»Laut der Symbole und Flachreliefs, die wir in Eden fanden, deutet alles auf das Sternsystem des Orions hin. Weitere Symbole legen die Tatsache nahe, dass *dieser* Planet besät wurde. Und dass diese Saatkapseln den Neuanfang einer Spezies in über den ganzen Globus verteilten Satelliten-Stationen aufbewahren, die uns im Jahr 2026 ersetzen wird.«

Willoughby beugte sich vor. »Das scheint mir in Ihren Berichten entgangen zu sein.«

»Lassen Sie mich Folgendes sagen: Professor Hillary und ich – Hillary war der Experte, der uns nach Eden begleitete …«

»Wir wissen, wer Professor Hillary ist«, sagte Dillinger.

»Wir entdeckten einen prä-sumerischen Text, der tausende Jahre vor dem sumerischen Originaltext datiert, über eine neue Rasse, die die Menschheit 2026 ersetzen wird, weil wir als Wesensrasse ein solch kläglicher Fehlschlag waren. Dieses Design einer Neuen Art wurde vor tausenden Jahren bestimmt. Wir sind ein Experiment. Ein Same, der verdorben ist. Daher wurde das Gen, das uns gewalttätig macht, verändert und aus der neuen Menschheit entfernt. Sie werden zivilisierter sein, erfolgreicher. Wir sind der Grund für unseren eigenen Untergang, dank der schrecklichen Taten, die wir gegeneinander verüben. Wie Terrorakte. Oder die Art und Weise, wie die Menschen während des Holocausts von den Nazis behandelt wurden. Oder jene, die die ISIS-Ideologie nicht teilen. Wir töten, weil wir es gut können. Und im Jahr 2026 wird es einen neuen Anfang geben und eine neue Rasse wird sich ansiedeln, sobald wir verschwunden sind.«

»Das wissen wir«, sagte Dillinger. Sein Eingeständnis traf Alyssa unvorbereitet. »Dieses spezielle Gebiet, das Sie eine Satellitenstation nennen, könnte weitere Kapseln enthalten. Doch die müssen noch gefunden werden. Deswegen bittet das Pentagon Sie um Ihre Hilfe.«

»Meine Hilfe?«

Dillinger nickte. »Wie ich bereits sagte, haben wir Ihre Berichte eingehend studiert und außerdem Professor Hillarys Untersuchungsergebnisse bestätigt. Sie kamen beide zu diesem Schluss, basierend auf den Zeichen auf diesem neuen, in Eden gefundenen Kalender, der außerdem zu beginnen scheint, wenn der Maya-Kalender endet, 2012, und der die Ereignisse einer neuen Rasse, die 2026 die Kontrolle übernimmt, detailliert darlegt.«

»Es gab einen Kalender in Eden, ja.«

Dillinger holte ein weiteres Foto aus der Aktenmappe und reichte es Alyssa.

»Haben Sie das dort gesehen?«

Sie nahm das Foto und begutachtete es. Dann schüttelte sie den Kopf. *Ja,* es war ein Bild einer Zeitkarte ähnlich der Maya-Karte; diese Karte endete jedoch 2026. Der Maya-Kalender endete, weil es das Ende eines Himmelszyklus war. Dieser Kalender endete, weil die Menschheit von einem noch nicht bestimmten, verheerenden Ereignis ausgelöscht werden würde.

»Das ist genau das, was ich gesehen habe.« Sie hielt das Foto hoch. »Woher stammt das?«

»Es wurde an einer Wand gefunden, die die beiden Kapseln teilte, die an die Oberfläche gebracht wurden.«

»Also, was wollen Sie von mir?«

»Ihre Hilfe«, sagte Willoughby. »Wir brauchen eine Linguistikexpertin wie Sie, um einen alten Text zu übersetzen, der uns langfristig einen Vorteil verschaffen könnte.«

»Sie wollen, dass ich die Satellitenstandorte auf der ganzen Welt finde, nicht wahr?«

Dillinger nickte. »Wir glauben, dass die Antworten in der Stadt unter dem Meer liegen, ja. Sie müssen sie für uns finden.«

Alyssa lehnte sich auf ihrem Stuhl zurück. »*Die* haben recht«, sagte sie. »Wenn Sie unsere Geschichte betrachten, waren wir nichts weiter als ein kläglicher Fehlschlag als Rasse.«

»Es geht nicht darum, was wir in der Vergangenheit getan haben«, sagte Dillinger. »Es geht darum, unsere Zukunft zu erhalten.«

»Unsere Zukunft zu erhalten? Das mag ein Ding der Unmöglichkeit sein, Mr. Dillinger, denn wer immer sich diese wissenschaftliche Entwicklung überhaupt ausgedacht hat, befindet sich auf einem intellektuellen Level uns gegenüber, wie wir zu einem Meerschwein.«

»Nennen Sie es Selbsterhaltung«, sagte Dillinger. »Haben Sie Kinder?«

Das traf einen Nerv bei Alyssa.

»Nein.«

»Ich schon«, sagte er. »Zwei Mädchen, die ich sehr vergöttere. Und ich will nicht, dass sie dem zum Opfer fallen, was binnen eines Jahrzehnts auf uns zukommt. Bitte verstehen Sie das.«

Das tat sie. Sie dachte an ihren Verlust. Die Liebe zu einem Kind, geboren oder nicht, war unbeschreiblich. »Wenn Sie meine Akte kennen«, begann sie, »dann wissen Sie, dass ich nicht alleine arbeite.«

»Wir sprachen bereits mit Professor Hillary«, sagte Willoughby. »Und ich fürchte, dass das Abenteuer in Eden zu viel für ihn war. Daher lehnte er ab und sagte, er fände sich mit einem weit einfacheren Lebensstil ab.«

»Ich sprach nicht von Hillary«, sagte sie. »Ich sprach von meinem Partner.«

Dillinger nickte. »John Savage«, sagte er. »Er gehört nicht wirklich zu Ihrem Fachgebiet – er ist eher ein Soldat. Ex-SEAL, glaube ich.«

»Er ist mein Partner … und wir sind unzertrennlich.«

Dillinger seufzte schwach. »Natürlich.«

»Also, wann brechen wir auf?«

»Wie schnell können Sie packen?«

Sie lächelte. »Schnell.«

Alyssa Moore war wieder im Spiel.

– 4 –

EINE MEILE ÖSTLICH DES KRATERS VON BIMINI

Der Hubschrauber flog eine komplette Schleife um die Ölbohrinsel, bevor er schließlich eindrehte und sich zum Landeplatz bewegte. Nachdem er gelandet war, stiegen John und Alyssa aus; John trug einen taktischen Militärrucksack, in dem ihre Sachen waren.

Am Rand des Hubschrauberlandeplatzes stand Paul Scott. Als John und Alyssa auf ihn zukamen, streckte er seine Hand zur Begrüßung aus und reichte sie erst Alyssa, dann John Savage. »Freut mich, dass Sie es geschafft haben!«, rief er über den Abwind der Rotoren hinweg. »Ich heiße Paul Scott! Ich leite das Team fürs Verteidigungsministerium! Außerdem unterstehe ich dem Vorsitzenden der Vereinigten Stabschefs! Sie wollen sich sicher erst mal ihr Quartier beziehen!«

John nickte, dann zeigte er auf seinen großen Rucksack.

»Natürlich«, sagte Scott. »Meine Männer werden Ihnen Ihre Kojen zeigen. Danach reden wir!«

Über die Rotoren hinweg sagte Alyssa: »Danke!«

Sie wurden über das Deck der Plattform zu einem Aufzug geführt, der sie zum Wohnbereich darunter brachte. Alles bestand aus Metallrahmen ohne vollständige Wände. Dicke Kabel verliefen willkürlich über den Metallgitterboden und merkwürdige Anordnungen von Stahlträgern und Stützbalken waren in jedem erdenklichen geometrischen Design ausgerichtet.

Sobald sie ihr Zimmer erreicht hatten, stellte John den Rucksack in der Ecke ab. Der Bereich war klein, mit zwei an den Wänden befestigten Stockbettreihen. Und ein winziger Tisch aus Edelstahl war in der Mitte des Raums mit dem Boden vernietet worden. Davon abgesehen war das Zimmer recht spartanisch.

»Das ist nicht gerade das Ritz«, bemerkte Alyssa.

John stimmte ihr zu. »Es wird nicht lange dauern, bis wir uns an die Kehle gehen«, sagte er zum Spaß. »Nicht genug Bewegungsfreiheit.«

Dann erklang ein Klopfen an ihrer Tür, ein anhaltendes Trommeln, das nicht aufhören wollte. Als John die Tür öffnete, stand dort ein Mann in Militärkleidung. Er war ein junger Kerl mit pickligen Zügen und schlaksigen Gliedmaßen. Ein Teenager, der noch nicht lange mit der Highschool fertig war. »Sir, mit Verlaub, Sir. Ich soll Sie und Ms. Moore zum Deck über uns eskortieren, Sir.«

»Schrauben Sie das ›Sir‹ runter, Junge. Ich bin Zivilist.«

»Sir, ja, Sir! Wenn Sie beide mir jetzt folgen würden, Sir. Mr. Scott, der Commander und der Lieutenant Commander möchten sich mit ihnen besprechen, Sir.«

John verdrehte innerlich die Augen. Dieser Junge platzte förmlich vor Kraft und Elan. John begriff, dass er nicht anders gewesen war, als er im Alter dieses Jungen das erste Mal eine Militäruniform angezogen hatte. Das war etwas Natürliches, das einfach dazugehörte.

Sie wurden durch eine Reihe von Tunneln mit überkreuzten Balken wie aus übergroßen Baukästen eskortiert. Ein Netzwerk aus Metallröhren und -rohren umgab sie überall. Die Rohre zischten, schwirrten oder klopften. Und von irgendwo in der Nähe war das Summen eines Generators zu hören.

Sie nahmen einen Aufzug zur obersten Ebene. Sobald sie ausgestiegen waren, führte sie der junge Soldat durch eine weitere Reihe von Korridoren mit niedrigen Decken, bis sie am Ende zu einer Metalltür kamen. Dann drehte er an dem Griff, der an ein Steuerrad erinnerte, und zog die Tür auf.

Wieder ein Korridor.

Doch sobald John und Alyssa eintraten, schloss der junge Mann die Tür hinter ihnen mit einem metallenen Dröhnen, das durch den Flur hallte.

John versuchte, die Tür zu öffnen.

Verschlossen.

»Das kann nicht gut sein«, sagte er.

Dann knackte und zischte der Lautsprecher über der Tür, ehe eine Stimme daraus erklang. *»Mr. Savage und Ms. Moore.«* Es war Paul Scott. *»Bitte folgen Sie dem Korridor bis Zimmer Sechs.«*

Sie setzten ihren Weg fort, bis sich John an einer Stelle den Kopf an einem tief hängenden Rohr anschlug, was ihm eine Reihe Flüche entlockte.

»Vorsicht, Mr. Savage.«

John und Alyssa blieben stehen. Sie konnten keine Kameras oder Lautsprecher sehen, und dennoch wurden sie beobachtet.

»Zimmer Sechs, bitte.« Scotts Stimme blieb teilnahmslos ruhig.

Am Ende des Korridors befand sich eine einsame Tür, ganz aus Metall, mit einem steuerradähnlichen Mechanismus, der sie öffnete. Nach zwei Umdrehungen des Rads ging die Tür auf. Anders als die meisten Räume war diese spezielle Kammer riesig, mit einem gigantischen Monitor an der Wand, einem großen, von teuren Ohrensesseln umgebenen Tisch und einer Computerstation mit einem GBAN-System.

Scott stand auf. »Mr. Savage, Ms. Moore. Ich möchte Ihnen Commander Jeff Dunleavy und Lieutenant Commander Stephen Percival vorstellen, beide von der Marine. Beide erste Spitze. Und sie dienen als Augen und Ohren des Vorsitzenden der Vereinigten Stabschefs … und als meine.« Er zeigte auf die Sessel am Ende des Tischs. »Bitte«, sagte er. »Setzen Sie sich.«

Sie taten es und fanden die Sessel weit bequemer als die abgenutzten Matratzen ihrer Kojen. *Vielleicht sollte ich hier drinnen schlafen,* dachte Alyssa, während sie mit den Fingern über das weiche Leder der Armlehnen strich. *Nett!*

»Und Ihre Unterkünfte?«, fuhr Scott fort. »Gefallen Sie Ihnen?«

»Sie sind schön«, log Alyssa und dachte: *Sie glauben nicht, wie scheiße sie sind.*

»Sehr gut«, sagte Scott. »Nun zum Geschäft.« Er machte es sich in seinem Sessel bequem und betrachtete sie mit einem analytischen Blick und mit einem Gesicht, das etwa so warm und ausdrucksvoll war wie ein harter Steinbrocken. »Mir ist bekannt, dass Sie über die Entdeckung im Inneren des blauen Lochs informiert wurden«, sagte er.

»Die Stadt unter dem Meer«, antwortete sie.

»Das ist korrekt. Und diese Herren, die Sie hier sehen …« Er deutete auf die Marineoffiziere. »… sind Mitglieder eines Informationsbeschaffungsteams, das den Schaltstellen der Macht des Pentagons dient, und sie sind die wichtigsten Offiziere auf dieser Mission zur See. Alle an Bord dieser Ölbohrinsel unterstehen der vollständigen Verschwiegenheit, mit dem Wissen, dass die gesamte

Operation aufgrund der äußerst heiklen Umstände völlig geheim ist. Die Regierung möchte Ihnen beiden also im Voraus für Ihre umfassende Kooperation in dieser Angelegenheit danken. Nichts von dem, was Sie hier erfahren, wird diese Plattform je verlassen.«

»Warum wurden wir nicht früher darüber informiert?«, fragte John.

»Weil wir es uns nicht leisten konnten, dass Sie einen Rückzieher machen«, antwortete Scott. »Wir brauchen Sie hier. Wir brauchen Ihre Expertise im Entziffern der antiken Texte und Schriftzeichen, die auf den Kapseln gefunden wurden … und wir müssen wissen, womit wir es zu tun haben.«

Commander Dunleavy beugte sich über den Tisch und faltete die Hände wie zum Gebet. »Ms. Moore«, begann er, »wir haben Ihre Forschungsergebnisse über Eden eingehend studiert und haben sie mit denen von Professor Hillary verglichen. Die antiken Texte auf den Tempelwänden von Eden und auf den aus der Stadt unter uns geholten Kapseln sind sich bemerkenswert ähnlich. Tatsächlich sind sie gleich.«

Auch Alyssa beugte sich vor. »Sie glauben also, dass es eine Verbindung zwischen Eden und dieser Stadt gibt? Diesem Atlantis?«

»Wenn das, was Sie und Professor Hillary über die technologischen Entdeckungen in Eden behaupten, wahr ist«, antwortete er, »dann würden deren militärische Anwendungen diesem Land einen unvorstellbaren Vorteil verschaffen.«

Savage seufzte und schüttelte den Kopf. »Es geht immer um den militärischen Nutzen, nicht? Es geht nie um das wissenschaftliche Wunder der Entdeckung.«

»Vielleicht in einer perfekten Welt, Mr. Savage«, sagte Scott. »Vielleicht sogar in einer idealistischen. Aber wenn Terroristen unaussprechliche Gräueltaten gegen gute Menschen verüben, wenn Flugzeuge in Wolkenkratzer geflogen und über dreitausend Menschen getötet werden, dann lautet die Antwort ›ja‹. Wir leben gerade in der gefährlichsten Zeit seit dem Zweiten Weltkrieg und die Barbaren stehen vor den Toren. Bis also alle Menschen gleichermaßen gut sind, müssen wir unsere Schwerter einsatzbereit halten.«

Alyssa schüttelte den Kopf. »Und das ist der Grund, warum wir als Rasse versagen«, sagte sie. »Alles dreht sich um Krieg und darum, einen Vorteil über jemand anderen zu erlangen.«

»So überleben wir.«

»Bis 2026 anbricht«, warf sie ein.

Es wurde still im Raum.

»Natürlich«, sagte Scott, »Sie beziehen sich auf den alten Text in Eden. Den Text, den Sie übersetzt haben.«

»Das tue ich … Ja.«

»Und was geschieht in zehn Jahren?«, fragte der Lieutenant Commander. »Fürs Protokoll.«

»Was geschieht, ist, dass ›wir‹, als Rasse, von einer genetisch veränderten Rasse ersetzt werden, die schon immer hier war, aber auf ihre Erweckung wartet.«

»Diese Dinger in den Kapseln«, sagte Scott.

»Ja.«

»Genetisch verändert? Wie?«

»Professor Hillary und ich entdeckten Bilder von DNA-Strängen in den Tempeln von Eden. Wandgemälde, Flachreliefs, welche alle einen großen Unterschied zu unserem Strang verdeutlichen.«

»Und welcher wäre das?«, fragte Scott.

»Der genetische Code, der uns die Fähigkeit verleiht, gewalttätiges Verhalten an den Tag zu legen, wurde aus dem Strang gelöscht. Es wird keine Gewalt geben, keine Gräueltaten, keine Kriege, keinen Fanatismus oder Hass, und keine Genozide. Wir werden als experimenteller Fehlschlag gelöscht werden. Wir waren die Petrischalen-Exemplare, aus deren Fehlern sie gelernt haben … und sie haben den Genstrang kurzerhand editiert, um gewisse Elemente zu entfernen, die uns zum Fehlschlag gemacht haben, während sie eine neue Linie perfektionierten.«

»Sie sagen ›sie‹.«

»Manche sind anders«, sagte sie. »Wir haben sie gesehen. Und wir wissen, wozu sie fähig sind.«

»Und wozu sind sie fähig?«, fragte Dunleavy.

»Es gibt eine kleinere Einheit von Hominiden, die das gleiche Gen tragen, wie wir, das Gen zur Gewaltanwendung. Und doch wurden sie darauf programmiert, zu dienen und jene zu beschützen, die sich nicht selbst schützen können. Wie diejenigen, die verändert wurden und unfähig sind, jemandem etwas zuleide zu tun.«

»Sie meinen diese Hüter?«, fragte Scott.

Sie nickte. »Wir nannten sie Wächter.«

»Nun, das wäre ziemlich glaubwürdig, Ms. Moore, wenn es etwas gäbe, über das sie wachten. Aber da unten ist nichts. Wir haben nachgesehen.«

»Sie sind da unten«, erklärte sie ihm. »Den Fotos nach sieht es wie eine riesige Stadt aus.«

Scotts Miene blieb neutral, während er nach Antworten fischte. »Und wo wären sie versteckt?«

»In Eden war es in der dritten Pyramide. Hier?«

Eine Pause. »Wer weiß das schon? Aber das Eine kommt nicht ohne das Andere. Die Wächter sind aus einem Grund hier.«

»Und diese Nachfolger«, sagte Percival, »sind eine Rasse woher?«

»Von hier.«

»Ich las Ihre Berichte, Ms. Moore. Sie erwähnten dauernd das Sternsystem im Oriongürtel. Und drei der Sterne insbesondere.«

Sie nickte. »Alnitak, Alnilam und Mintaka. Die drei Hauptsterne gleichen perfekt der Anordnung der Pyramiden in Ägypten, Eden und in dieser Stadt unter dem Meer. Sind wir schon bereit, sie Atlantis zu nennen? Weil Plato recht mit dessen Existenz hatte? Nur seine Verortung der Stadt war falsch, mitten im Atlantik statt in der Floridastraße.«

»Wenn Sie es so nennen wollen, Ms. Moore. Nur zu. Aber für unsere Zwecke hier nennen wir sie schlicht Fundplatz A.« Scotts Verhalten wirkte weiterhin gleichgültig.

Percival ergriff wieder das Wort. »Sie wollen also sagen, dass diese Wesen aus dem Oriongürtel stammen?«

»Nein. Es gibt Kulturen auf der ganzen Welt, die behaupten, dass die Väter dieses Planetensystems, die schließlich zu den Göttern des Polytheismus wurden, vom Oriongürtel stammten. Und ich meine Kulturen, die einander nie trafen oder in Kontakt kamen und doch in ihren historischen Widmungen einheitlich sind. Es gibt Markierungen, Schriften, Bilder, alle vom Oriongürtel. Doch wir, die Wächter, und die neue Rasse waren schon immer hier. Wir wurden hier biotechnisch entwickelt. Dieser gesamte Planet war schon immer ein biologisches

Labor. Wir wurden auf der Erde ausgesät. Und da wir ein bewiesener Fehlschlag sind, wird die zweite Saat bald keimen.«

»Im Jahr 2026?«, fragte Percival.

»Im Jahr 2026«, bestätigte sie.

»Aber Sie wissen nicht, wie sich diese Veränderung abspielen wird?«, fragte Scott.

»Nein«, sagte sie. »Ich hatte nicht die Zeit, den Kalender an der Tempelwand von Eden zu lesen.«

»Da es große Ähnlichkeiten zwischen den beiden Zivilisationen gibt – ich meine Eden und Ihr Atlantis –, glauben Sie, dass ein ähnlicher Kalender in einer der Pyramiden sein könnte?«

»Möglich.«

»Und würde dieser Kalender möglicherweise das Ende einer Rasse und den Anfang einer anderen erklären?«

Sie zuckte die Schultern. »Das kann ich nicht sagen. Alle glaubten, dass es das Ende der Welt wäre, wenn der Maya-Kalender endet. Aber hätten Sie einen Maya darauf angesprochen und danach gefragt, hätte er nicht verstanden, was Sie meinen. Die Maya wussten, dass es nur das Ende eines Himmelszyklus' war.«

»Aber laut Ihrer Berichte, Ms. Moore, machte der Kalender in Eden da weiter, wo der Maya-Kalender endete. Allerdings endete der Eden-Kalender wiederum im Jahr 2026, was mir verrät, dass es kein Himmelskalender war, sondern eine Darstellung *unseres* Endes im Jahr 2026.«

Sie zögerte mit ihrer Antwort. »Ja. Ich glaube, es ist eine Darstellung, wie Sie gerade nahelegten, die den Sturz einer Rasse und den Aufstieg einer anderen abbildet.«

»Wenn Sie diese Darstellung noch einmal sehen würden«, sagte Percival, »und genügend Zeit vorausgesetzt, könnten Sie die Bedeutungen hinter den Symbolen entziffern?«

»Das ist schwer, weil viele der Symbole prä-sumerisch und unerkennbar sind. Es würde viel Zeit in Anspruch nehmen. Es ist wie das Zusammenfügen eines Puzzles. Der Prozess ist langsam.«

»Verstanden«, sagte Scott.

John Savage lenkte das Gespräch auf etwas anderes. »Manche der Symbole auf den Kapseln, die Sie geborgen haben, erscheinen anhand dessen, was wir in Eden sahen, wiedererkennbar. Die Frage lautet: Was ist mit dem passiert, was darin gewesen sein mochte?«

»Sie sind unter uns.« Scott zögerte nicht einmal. Tatsächlich traf seine Ehrlichkeit Alyssa und John unvorbereitet. »Möchten Sie sie sehen?«

John neigte den Kopf. »Sind sie am Leben?«

»Ja und nein. Ich wüsste gerne, ob diese Wesen irgendeine Ähnlichkeit mit denen besitzen, die Sie in Eden gesehen haben«, erklärte Scott.

Obwohl ihre Neugier auf dem Höhepunkt angelangt war, hatten John und Alyssa Bedenken. Sie kannten die Fähigkeiten der Wächter, kannten ihre Kraft und Stärke. Sie waren schonungslos und brutal. Und sie repräsentierten den schlimmsten Teil der Menschheit.

Dann antwortete John für sie beide. »Ja. Sicher. Warum nicht.« Er wusste, dass auch Alyssa gewisse Zweifel haben musste, doch ihm war gleichzeitig klar, dass ihre analytische Veranlagung zu ausgeprägt war, um sie zu kontrollieren. Die Wächter waren ein Rätsel. Und Rätsel enthielten oft Schlüssel und Antworten zur Wahrheit. Man musste nur durch die Beweise waten, bis man einen Schluss ziehen konnte.

Paul Scott stand auf, ebenso wie sein Team, der Commander und der Lieutenant Commander, beide schnurgerade, und zeigte zur Tür. »Wollen wir dann?«

Auch John und Alyssa erhoben sich und folgten Scott zum Labor.

– 5 –

Das Labor roch komplett nach Desinfektionsmitteln. Es war ein großer Raum mit kleineren Nebenräumen, die durch dicke Plastikstreifen abgetrennt waren. An einer Wand befanden sich Reihen von Edelstahltüren mit Griffen zu gekühlten Fächern von der Art, in der man Leichen aufbewahren konnte.

Auf der anderen Seite des Raums saß ein Mann namens Dr. Solomon auf einem Hocker und sah in ein Elektronenmikroskop. An einem Wandmonitor befanden sich die beweglichen Elemente dessen, was er sich auf dem Glasträger ansah. Die tatsächliche Größe der lebenden Mikroben war zehntausendfach vergrößert. Sie waren gestaltlos und besaßen winzige Fasern oder Anhängsel, die sie durch die flüssige Lösung fortbewegten. Und ein hufeisenförmiger Strang in ihren durchsichtigen Körpern leuchtete mit biolumineszenter Energie auf, ganz ähnlich wie bei Glühwürmchen. Die Farbe war Saphirblau.

»Dr. Solomon«, sagte Scott.

Solomon sah vom Augenstück des Mikroskops auf. »Mr. Scott«, sagte er. Dann musterte er die Neuankömmlinge, einen Mann und eine Frau. Die Frau erkannte er, weil sie zufällig ein Vorbild in ihrem Studienfach war.

Solomon stand von seinem Hocker auf. »Ms. Moore.« Er streckte ihr die Hand entgegen. »Es ist mir ein Vergnügen, wenn nicht sogar eine Ehre.« Nachdem sie einander die Hände geschüttelt hatten, beschloss er, sich nicht um Savage zu kümmern, da der seiner Ansicht nach anscheinend nicht angesehen genug war. Stattdessen behandelte er ihn wie einen Nichtfaktor und wandte sich dem Bildschirm zu. »Ich habe die Lösung studiert«, sagte Solomon ganz allgemein. Dann zeigte er auf den Monitor und die Mikroben, die voneinander abprallten wie Autoscooter. »Sie sind biolumineszent und tragen Energie in sich. Und sie liefern Nährstoffe, die sich mit der Zeit nicht erschöpfen zu scheinen.«

»Haben Sie so etwas schon mal gesehen?«, fragte Scott.

Solomon schüttelte den Kopf. *Nein.* »Das kann ich nicht behaupten. Alles braucht eine Quelle, um Energie zu gewinnen. Diese Mikroben geben jedoch Energie ab, aber es gibt nichts, von dem sie Energie absorbieren können. Sie sind selbstversorgend. Und darin liegt das Rätsel. Wie ist es einem lebenden Organismus möglich, Energie zu *erschaffen*, ohne dass er irgendwo Energie hernimmt und diese umwandelt? Das widerspricht allem, was wir über die Gesetze der Physik wissen, da Energie weder erschaffen noch zerstört werden kann. Aber hier entsteht nachhaltige Energie aus absolut gar nichts.«

»Was genau haben wir da vor uns?«, fragte Alyssa.

Lieutenant Commander Percival antwortete: »Im Inneren der Kapseln war eine Flüssigkeit. Wir waren nicht sicher, was für eine Lösung es war, also untersuchten wir sie. Worauf wir uns alle einigen konnten, ist, dass sie als eine Art Fruchtwasser dient, um die Bewohner der Kapseln am Leben zu halten. Es ist eine Nahrungsquelle.«

»Doch eine der Kapseln war zerstört, weil Meerwasser eingedrungen war, das die Mikroben beim Kontakt abtötete. Daher war der Bewohner gleichermaßen zerstört«, sagte Paul Scott.

Sie sah ihn an. »Zerstört?«

»Er ist tot, Ms. Moore. Sobald die Kapsel beschädigt wurde, verlor der Bewohner seine Lebensader.«

»Und woher kam diese Lösung dann?«, fragte John.

Überraschenderweise war es Dr. Solomon, der ihm antwortete: »Diese spezielle Probe stammt von der zweiten Kapsel.«

»Und wie lange waren diese Kapseln ihrer Feststellung nach ungestört?«, fragte Alyssa.

»Alle Anzeichen deuten auf etwas zwischen fünfzehn- und zwanzigtausend Jahren hin, *mindestens*. Aber es gibt Anzeichen dafür, dass es länger gewesen sein könnte. Vielleicht sogar bis zu fünfundzwanzigtausend Jahre.«

John zeigte auf den Monitor. »Wollen Sie behaupten, dass diese Mikroben sich all die Zeit lang selbst versorgt haben?«

Dr. Solomon nickte. »Das ist auch der Grund, warum ich sage, dass es allem, was wir von den Gesetzen der Physik wissen oder verstehen, widerspricht: Energie kann nicht erschaffen oder zerstört werden. Und doch haben wir hier den Beweis fürs Gegenteil.«

»Und alles dient einem Zweck«, fügte John hinzu.

»Natürlich. Es kann Leben eine Ewigkeit lang erhalten, indem es dem, was es eben zu erhalten hat, einen endlosen Vorrat an Nährstoffen bietet, neben sich selbst.«

»Sie meinen die Bewohner«, sagte John.

»Ja. Wer weiß, wie lange diese Kapseln da unten waren oder wie lange sie ungestört blieben?«

»Und die Bewohner in diesen Kapseln?«

Solomon zeigte auf die Türreihe an der Wand und die Kühlfächer. »Ich kann Ihnen einen zeigen«, sagte er.

»Tun Sie es«, sagte Scott.

Dr. Solomon ging zu den Edelstahltüren, packte einen der Griffe, zog am Hebel und öffnete die Tür. Schwache

Nebelschwaden und langsame Wirbel kräuselten sich traumwandlerisch aus dem offenen Raum und kühlten die Umgebungsluft. Dann zog Dr. Solomon die ausfahrbare Bahre heraus und enthüllte ein Laken, das die seltsamen Konturen darunter bedeckte. »Das kam aus der zerstörten Kapsel«, sagte er. Dann zog er das Laken zurück.

Auf der Bahre lagen die sterblichen Überreste von etwas, das schon lang tot war. Es war humanoid, hochgewachsen, und der Großteil seiner Muskelmasse und des fettfreien Gewebes fehlten. Nur Hautstreifen und Teile des Fleisches hingen noch an seinen Knochen. Sein Kopf war nahezu menschlich, wenngleich größer, mit Augenhöhlen und einem Kieferknochen, die an einen menschlichen Schädel erinnerten. Der einzige Unterschied bestand in dem Knochenwulst auf seiner Stirn, der affenartig wirkte.

»Um der Diskussion willen«, begann Dr. Solomon, »werde ich dieses Exemplar als Hominiden bezeichnen.« Dann stülpte er ein paar OP-Handschuhe über, von der Art, die wie eine zweite Haut anliegen, und begann, bestimmte Anomalien am Leichnam aufzuzeigen. »Er ist zwei Meter sechsunddreißig groß. Das tatsächliche Gewicht konnte aufgrund des starken Verwesungsgrads nicht bestimmt werden, die Skelettstruktur und die Überreste wiegen allerdings vierundsiebzig Kilogramm. Seine innere Struktur bezüglich Organen und Gewebemasse entspricht exakt der eines Menschen. Sein Herz besitzt einen rechten und einen linken Vorhof und eine Aorta. Die Überreste des Lungengewebes legen nahe, dass sie von humanoider Entwicklung sind. Hominide Organausführungen, die er mit seinem menschlichen Gegenstück teilt, wären die Leber, Bauchspeicheldrüse,

Gallenblase, Nieren, Blase sowie Dick- und Dünndarm. Der einzige qualitative Unterschied liegt in seinem Fortpflanzungssystem, das fehlt. Es gibt keine Vaginalöffnung oder Peniskörper, nur eine Harnröhre und eine kleine Öffnung zum Zweck des Urinierens.«

»Das liegt daran, dass sie nicht erschaffen wurden, um sich fortzupflanzen«, sagte Alyssa. »Sie wurden entwickelt, um die Nachfolger zu beschützen. Diese Wächter sind gefährlich … und sie sind gewalttätig. Sie wurden entwickelt, um einem bestimmten Zweck zu dienen. Und Fortpflanzung gehört nicht dazu.«

»Und woher wissen Sie das?«, fragte Dr. Solomon. Sein arrogantes Auftreten begann Alyssa auf die Nerven zu gehen, die so ein Verhalten auf die Palme brachte. Und sie hatte keine Angst davor, das auch zu zeigen.

»Ich habe diese Hominiden gesehen«, antwortete sie barsch. »John ebenfalls. Tatsächlich haben wir in den Krypten von Eden gegen sie gekämpft.«

»Und Sie glauben, dass diese geschlechtslosen Wesen entwickelt wurden?«

»Das tue ich.«

»Von wem?«

»Das ist eine Diskussion für ein anderes Mal«, sagte Paul Scott. In anderen Worten: *Machen Sie weiter.*

Dr. Solomon entging das nicht. »Ja, natürlich«, sagte er. »Zurück zu unserer Diskussion: DNA-Tests zeigen, dass dieser Hominid Neunundneunzig-Komma-Achtundneunzig Prozent mit der menschlichen DNA teilt. Die anderen Null-Komma-Zwei Prozent können weder bestimmt noch irgendeinem Säugetier oder kohlenstoffbasierten Diagrammen zugeordnet werden. Sie existieren nicht.«

»Sie müssen existieren«, sagte John. »Vielleicht sind sie nicht auf bekannten Diagrammen aufgeführt, aber sie existieren. Der Beweis dafür liegt vor Ihnen.«

Dr. Solomon bedachte John Savage mit einem abschätzenden Blick. »Wollen Sie auf außerirdische DNA hinaus?«

»Nein«, sagte er. »Ich will auf DNA hinaus, die nicht aufgezeichnet wurde, aber seit zehntausenden Jahren hier war. Jeden Tag werden neue Spezies entdeckt. Dieses Wesen wurde erst vor wie vielen Tagen gefunden? Aber jetzt, da es hier ist, wird es aufgezeichnet werden, ungeachtet des fehlenden Bindeglieds, und wird für Ihr spezielles Wissenschaftsgebiet nicht länger ein Rätsel sein.«

»Dann legen Sie nahe, dass es eine andere Form von Primat ist?«

»Es ist …« John betrachtete die sterblichen Überreste. »… etwas.«

Dr. Solomon zog das Laken über die Leiche und schob die Bahre in die Öffnung zurück, ehe er die Tür schloss. Dann zog er seine Handschuhe aus und entsorgte sie in einem roten Mülleimer. »Sie haben recht«, sagte er zu John. »Jeden Tag werden neue Spezies entdeckt. Aber ihre DNA knüpft wenigstens an etwas anderem an, etwas, das bereits aufgezeichnet wurde. Dieses Wesen hat jedoch keine DNA-Verbindungen zu *irgendwas* in der Klasse der Primaten.«

»Ms. Moore«, sagte Paul Scott. »Wenn ich darf, würde ich Ihnen gerne die Kapseln zeigen. Auf den unteren Hälften dieser Behältnisse steht etwas geschrieben. Wenn Sie so freundlich wären, sie sich anzusehen, sie vielleicht zu übersetzen.«

»Natürlich.«

Dr. Solomon kehrte zu seinem Mikroskop zurück, um das Mysterium einer Lebensform zu untersuchen, die in der Lage war, ihre eigene Energie zu produzieren, ohne von einer Substanz zu zehren, während Scott alle anderen in einen angrenzenden Raum führte.

Hier war es kalt, fast wie gekühlt. An der Wand auf speziellen Sockeln standen die Kapseln. Sie waren drei Meter hoch, perfekt eiförmig, das Symbol des Lebens.

Alyssa ging zur ersten Kapsel und fuhr mit dem Finger über den Riss im Glas.

»Das war die Kapsel, die zerstört wurde«, sagte Scott. »Sie enthielt den Hominiden, den Sie im anderen Raum auf der Bahre liegen sahen.«

Alyssa bemerkte, dass beide Kapseln entleert worden waren. Keine Flüssigkeiten. *Was ist mit dem Hominiden aus der zweiten Kapsel?*

»Sie sind beide leer«, sagte sie schließlich.

»Ja«, sagte Commander Dunleavy. Er sprach zum ersten Mal; bisher hatte er sich hauptsächlich zurückgelehnt und beobachtet. »Die Flüssigkeit wird untersucht und bis auf die Nanoebene aufgedröselt, um die Eigenschaften ihrer Zusammensetzung zu bestimmen. Wie sie zum Beispiel Nährstoffe generieren kann, während sie sich selbst ernährt, ohne von etwas zu zehren.«

»Wie das, was wir auf dem Monitor gesehen haben, an dem Dr. Solomon arbeitete«, sagte sie.

»Ja. Und wie Sie sehen können, Ms. Moore, liefert uns der Text, der unten an den Seiten dieser Kapseln verläuft, vielleicht einen Hinweis, ja?«

Sie studierte die Symbole. Auf jeden Fall prä-sumerisch, mit Ähnlichkeiten zum Sumerischen. Manche erkannte sie wieder. Andere nicht. Doch unterm Strich war nicht genug da, um es zum Bestimmen und unverfälschten Lesen zusammensetzen zu können. Sie bräuchte sehr viel Zeit, denn das Entziffern von Symbolen und Bildern war eine wissenschaftliche Kunstform, der keine Präzision innewohnte.

»Es tut mir leid«, sagte sie schließlich. »Möglicherweise gehen wir zehntausende Jahre hinter die Entwicklung der Schriftsprache durch die Sumerer zurück. Ich kann ein paar entziffern. Aber ohne weitere Anhaltspunkte, ohne umfangreiche Untersuchung, bin ich momentan ratlos.«

Das war nicht die Antwort, die diese Männer hören wollten. Das Pentagon war das Epizentrum militärischer Aktivitäten, daher war der Geduldsfaden dünn. Sie wollten ihre Antworten sofort.

Dann fragte Alyssa: »Was ist mit dem Bewohner der zweiten Kapsel? Ist er auch tot?«

Paul Scott schüttelte den Kopf. »Nein, Ms. Moore. Das ist er nicht. Er ist tatsächlich äußerst lebendig.«

Sie sah John an, der ihr den gleichen fragenden Ausdruck schenke. Dann wandte sie sich wieder an Scott. »Lebendig?«

»Durch und durch.«

»Ich muss ihn sehen«, sagte sie dringlich. »Ich muss mich davon überzeugen, ob es das gleiche Ding ist, wie das, was wir in Eden gesehen haben.«

»Aus diesem Grund haben wir Sie hierher gebracht, Ms. Moore. Um das zu bestätigen. Wenn dieses Ding ein Wächter ist, wie Sie behaupten, dann können wir anfangen, zu verstehen und zu ergründen, wie wir es besiegen können.«

Mit einem Mal ging ihr ein Licht auf. »Sie wollen, dass ich Ihnen zeige, wie man diese Wesen tötet?«

»Sie sagten es selbst, genau wie Professor Hillary. Sie beide waren sich einig. Diese Dinger werden den Weg für eine neue Rasse ebnen, und die Menschheit wird vom Angesicht des Planeten ausgelöscht.«

»Ich bin der Entdeckung wegen hergekommen.«

»Und entdeckt haben Sie«, sagte Scott. »Ob es Ihnen gefällt oder nicht, Ms. Moore, aber Ihren Entdeckungen nach, scheinen wir uns hier im Krieg zu befinden. Das Pentagon ist aus gutem Grund involviert. Sie behaupteten, Eden sei nur eine von vielen Satellitenstationen auf der ganzen Welt, die diese neue Rasse beheimatet. Nun, diese Stadt unter dem Meer, *Ihr* Atlantis, könnte eine weitere Station sein, und ist es wahrscheinlich auch. Wenn ein Kalender oder eine Karte aufführt, wo diese anderen Satellitenstationen sind, dann haben wir vielleicht eine Chance, eine drohende Apokalypse zu überleben, sobald das Jahr 2026 anbricht.«

»Sie sprechen von Genozid.«

»Nein, Ms. Moore. Das ist Selbsterhaltung. Ihren eigenen Worten nach wird sich im Jahr 2026 eine Neue Art erheben und die Menschheit wird ausgelöscht werden. In diesem Moment können wir damit beginnen, unser Leben zu bewahren, indem wir diesen Hominiden unten untersuchen.«

Doch Alyssa blieb eisern. »Das ist trotzdem Genozid.«

Diesmal war es an Scott, verbales Judo zu betreiben. »Ich weiß, dass Sie ein Kind verloren haben«, sagte er ruhig. »Das ist traurig, ja. Und das wünsche ich niemandem. Aber Sie haben ein Kind verloren. Und nun lassen Sie mich Ihnen folgende Frage stellen: Haben Sie dieses Kind geliebt?«

»Natürlich.«

»War die Liebe zu diesem Kind unbeschreiblich?«

Sie wollte in Tränen ausbrechen. *Natürlich.*

Dann wurde Scotts Stimme leiser, sanfter, sein Ton eindringlicher. »Ms. Moore, wir sind keine perfekte Rasse, aber eine Rasse sind wir dennoch. Es gibt eine Menge guter Menschen auf diesem Planeten. Und niemand muss die Hände in den Schoß legen und auf das Unausweichliche warten. Wir können wachsen. Wir können lernen. Das ist etwas, das wir nun schon seit Hunderttausenden von Jahren getan haben.« Eine Pause. »Wenn Sie Ihr Kind bekommen hätten, Ms. Moore, würden Sie dieses Kind in dem Wissen, was ihn oder sie erwartet, in Gefahr bringen? Oder würden Sie, als Mutter, alles in Ihrer Macht Stehende dafür tun, das Leben dieses Kindes zu retten?«

Ein Politiker, dachte sie. »Ich habe kein Kind.«

»Aber was ist mit all den anderen Müttern, die eines haben?«

Jetzt war sie verwirrt.

Dann machte er seinen Punkt unmissverständlich klar. »Was ist mit all den guten Müttern. Wie Sie eine gewesen wären?«

Sie zerbrach, schluchzte, und das brachte John neben sie, um sie an sich zu ziehen.

»Das reicht«, sagte er unmissverständlich. Er war beim Militär gewesen, ein Elitesoldat bei der Spezialeinheit, der wusste, wie man mit bestimmten Situationen mit tödlichen Folgen umging. Und Alyssa zu beschützen, war eine solche Situation.

»Mr. Savage«, sagte der Lieutenant Commander auf eine Weise, die den Moment entschärfen sollte. »Wir kennen Ihren Hintergrund und Ihre sehr speziellen Fähigkeiten.

Was Mr. Scott zu sagen versucht, ist, dass wir in dieser Angelegenheit Ihre Loyalität benötigen. Er hat recht mit der Aussage, dass wir uns im Krieg befinden. Und Sie, als Soldat, sollten die Notwendigkeit begreifen, Verteidigungsmechanismen gegen einen solchen Feind zur Verfügung zu stellen.«

John Savage biss die Zähne zusammen, was seine hinteren Kiefermuskeln arbeiten ließ. Er verstand. Vollkommen. Alle Soldaten wurden darauf konditioniert, einzusehen, dass der Krieg seinen Platz hatte.

Dann sagte Scott: »Ich wollte Sie nicht verletzen, Ms. Moore.« Er klang beinahe traurig. »Glauben Sie mir. Das wollte ich nicht. Ich zähle nur die Fakten auf. Ja … wir mögen als Rasse fehlerhaft sein, aber das rechtfertigt nicht *deren* Anrecht, uns in einem Akt des Genozids zu töten, weil wir nicht perfekt sind.«

Langsam verstand Alyssa seinen Standpunkt. Ungeachtet des Ergebnisses, ungeachtet der Gründe, das würde ein Kampf bis aufs Letzte werden, Spezies gegen Spezies, und Genozid war unausweichlich.

Sie löste sich sanft von John und fasste sich, reckte das Kinn als Zeichen innerer Stärke. »Zeigen Sie mir den, der am Leben ist«, sagte sie zu Scott. »Ich muss ihn sehen.«

Scott nickte. »Natürlich«, sagte er. Dann ging er voraus.

– 6 –

Auf der unteren Ebene der Ölbohrinsel befand sich eine speziell zur Gefangennahme geschaffene Kammer. Zwei bewaffnete Wachen standen auf ihren Posten. *Navy SEALs, dem Aussehen nach,* überlegte John, was Sinn ergäbe, weil es sich hier um einen Einsatz auf See handelte. Gewiss wollte das Pentagon die Besten der Besten dabei haben.

Einer der Wachposten öffnete ihnen die Tür. Wieder die gleiche Bauart: Metall, mit einem Steuerradgriff, der sich drehte, bis die runden Bolzen aus ihren Verankerungen wichen und die Tür öffneten.

Scott, Dunleavy und Percival betraten den Raum, und Alyssa und Savage folgten ihnen auf den Fersen. Dann schloss sich die Tür hinter ihnen mit einem metallischen Geräusch.

Es war keine vergitterte Zelle, die das fragliche Individuum gefangen hielt, sondern dicke Plexiglaswände, in die sporadische Löcher zur Belüftung gebohrt worden waren. In dieser Zelle befand sich der Hominid. Sein Fleisch hatte eine blasse Farbe, beinahe einen wächsernen Glanz, und seine Haut wirkte amphibisch glatt. Blaue Venen verliefen über seinen gesamten Körper, die Straßenkarte eines komplizierten Kreislaufsystems. Und er war groß und geschlechtslos, ohne nennenswerte Gesichts- oder Körperbehaarung, und dennoch von männlicher Erscheinung, mit wenig Körperfett und einer muskulösen Gestalt.

Als der Hominid sah, dass die, die ihn gefangen hielten, näher kamen, stand er auf. Sein Kopf berührte beinahe die zweieinhalb Meter hohe Decke. Er bewegte sich zur Glaswand, die sie voneinander trennte, und legte eine Handfläche ans Plexiglas. Seine Augen waren dunkel, mit Iriden, die größer waren als die seiner menschlichen Gegenstücke, wodurch mehr Farbe und weniger Weiß zu sehen war. Doch die Form seiner Ohren und seiner Kieferpartie, die Gestalt seiner Lippen, die Größe seiner Stirn und die Struktur seines Schädels waren bemerkenswert menschlich.

»Ist es das, was Sie in Eden gesehen haben?«, fragte Scott.

John nickte. »Ja.«

Sobald Paul Scott sich dem Plexiglas näherte, schlug der Hominid gegen die Trennwand. Das Geräusch erklang gedämpft von der anderen Seite. Dann zog er sich in die Ecke zurück, die Mundwinkel zu einem spöttischen Lächeln hochgezogen, das so dünn war wie ein Angelhaken.

»Dieser wurde aus der Kapsel geholt, die nicht vom Meerwasser zerstört wurde«, sagte Scott.

»Und das saphirblaue Wasser, das Dr. Solomon studiert hat, die amniotische Flüssigkeit, stammte aus der nährstoffreichen Lösung aus jener Kapsel?«, fragte Alyssa.

»Ja«, sagte Scott.

John trat einen Schritt vor, als ihn die Erinnerung traf. Er erinnerte sich an die Hominiden im dritten und letzten Tempel der Pyramiden von Eden, der ein Labor gewesen war. Und mehr als das. Er war eine Farm gewesen, die zehntausende Kapseln mit der Neuen Art enthalten hatte, eine Sippe, die darauf wartete, sich zu erheben und sich der Stellung der Menschheit zu bemächtigen. Sie waren hochgewachsen und gut entwickelt, wunderschön und von makellosem Design. Männer und Frauen waren genetisch modifiziert, besaßen die gleiche Genomstruktur wie der moderne Mensch, abzüglich des einzigartigen Teils, der Gewalt begünstigte. Doch diese Wächter waren so verändert worden, dass sie der Farm dienten und sie beschützten. Sie waren biotechnisch entwickelt worden, mit der gleichen genetischen Struktur wie der Mensch: Um Gewalt auszuüben, wenn nötig, oder um grausam zu sein, weil es so einprogrammiert war. Und wenngleich dieser Hominid von Natur aus Fehler hatte, hatten das jene, die er schützte, nicht.

»Das ist ein Wächter«. Johns Stimme war kaum mehr als ein Flüstern. »Und wo einer ist, ist noch einer … und noch einer. Und es gibt einen Grund, warum sie hier sind.«

»Um die neue Rasse zu beschützen«, steuerte Percival bei.

»Ja.«

»Und deswegen sind Sie hier«, bekräftigte Scott. »Um uns zu helfen, sie zu finden, damit wir unseren eigenen Genozid verhindern können.«

»Den Fotos nach«, sagte Alyssa, »wirkt die Stadt größtenteils intakt, und sie ist riesig.« Sie wandte sich an Scott. »Und sie liegt vollständig unter Wasser.«

»Solange das Fruchtwasser in diesen Behältnissen sie weiterhin ernährt, solange die Gefäße nicht beschädigt werden, können sie wer weiß wie lange überleben. Jahre. Jahrzehnte. Vielleicht länger. Aber eines ist gewiss, Ms. Moore: Ihren eigenen Übersetzungen nach bleibt uns ein Jahrzehnt, um nicht nur sie, sondern auch die in den anderen Satellitenstationen zu finden. Wir können zumindest die Chancen zu unseren Gunsten verändern, indem wir den Großteil finden und vernichten.«

Darum ging es also. Alyssa Moore würde zur Retterin der Menschheit werden, und das geschähe, indem sie Genozid unterstützte.

In ihrem ganzen Leben hatte sie sich noch nie so schmutzig oder zwiespältig gefühlt.

Paul Scott schien das am schmerzhaft aussehenden Zucken ihres Mundwinkels und an ihrem plötzlichen Stirnrunzeln abzulesen. »Es heißt wir oder die«, erklärte er ihr. »Wir haben nicht um diesen Krieg gebeten.«

Sie wandte den Blick ab. Sie fühlte sich so vollkommen missmutig, dass sie glaubte, nicht einmal eine Dusche könne den Dreck abwaschen. Das Gefühl saß tief, weit von der Oberfläche entfernt.

»Wir werden sie finden«, sagte Dunleavy. »Seit zwei Jahren haben wir nun schon unsere Zelte hier aufgeschlagen, seit diese Stadt entdeckt wurde. Wir können das gesamte Areal binnen einer oder zwei Wochen durchsuchen. Die Technologie und die Suchtrupps stehen bereit, um die Sache anzugehen.«

»Und Sie wollen, dass ich Ihre Symbolistin spiele und die Zeichen deute?«, fragte Alyssa. »Sie wollen, dass ich Teil des Suchtrupps bin?«

»Ms. Moore, diese Pyramiden, diese Tempel und diese Krypten wurden mit spektakulären Mechanismen zum Schutz gegen Eindringlinge gebaut. Fallen, sozusagen. Ohne Sie würde das Team blindlings hineingehen. Mit Ihnen …«

»Sie verschafft ihnen eine Chance, indem sie die involvierten Rätsel übersetzt, um sie sicher durchzubringen«, unterbrach John Scott.

»Ja. Wir brauchen Ihre Hilfe, um sie mit minimaler Gefahr für das Wohlergehen unserer Crew zu finden. Unser Team wird den Rest erledigen.«

Aber mein Gewissen wäre niemals rein, dachte sie. »Dort unten werden wahrscheinlich Menschen sterben.«

»Vielleicht«, entgegnete er, »aber nicht allzu viele, solange Sie und Mr. Savage die Richtung weisen.«

Sie und John sahen einander mit dieser tiefen Verbindung zwischen einander an, durch die jeder exakt wusste, was der andere dachte. Eden hätte sie beinahe das Leben gekostet. Und jetzt Atlantis? Doch die Stadt war unter hunderten Metern Wasser neutralisiert, die schützenden Fallen höchstwahrscheinlich vom Gewicht dieses Wassers lahmgelegt oder doch zumindest ausgebremst, was sie unwirksam machen würde. Die Wächter hatten Lungen, keine Kiemen. Somit wären sie in einer Unterwasserumgebung nicht lebensfähig.

Es heißt wir oder die, Ms. Moore. Wir versuchen, unseren eigenen Genozid zu verhindern, von dem Sie sagten, er käme durch ihre Hand … wir … oder die.

Sie konnte Scotts Stimme in ihrem Verstand widerhallen hören, blechern und dumpf.

Wir … oder die.

Sie seufzte. »Haben Sie einen Einsatz ausgearbeitet?«, fragte sie.

»Haben wir«, sagte Scott. »Und er beginnt morgen. Ruhen Sie sich jetzt also aus, essen Sie einen Happen. Wir brechen bei Sonnenaufgang auf.«

Sie nickte. John ebenfalls.

»Sehr gut«, sagte Scott. »Ich werde Sie vom Sicherheitspersonal zu Ihren Quartieren begleiten lassen, sobald Sie und Mr. Savage alleine miteinander sprechen konnten.« Dann verließ Scott zusammen mit Percival und Dunleavy die Kammer und ließ Alyssa Moore und John Savage mit dem gefangenen Hominiden allein.

Er stand da und beobachtete sie mit einem Blick, der genauso analytisch war, wie Johns und Alyssas. Sie musterten einander mit einem gewissen Staunen. Der Hominid neigte den Kopf zur Seite wie ein verdutzter Hund, studierte sie. Als er zur Plexiglasfront zurückkam, wo er beide Hände an die Oberfläche legte und dagegen drückte, fand er die Wand unbeweglich vor. Und dann entfesselte er mehrere schwere Schläge mit den Rückseiten seiner mächtigen Fäuste gegen das Plexiglas. Vor Frust brodelten seine Wut und sein Zorn über.

Von ihrem Standpunkt aus konnten John und Alyssa spüren, wie sich die Erschütterungen durch die Luft zwischen ihnen bewegten, so kraftvoll waren die Schläge. Und dann hörte er auf, von der Anstrengung erschöpft, während sich seine Brust hob und senkte, um Atem zu schöpfen. Er lehnte sich gegen die hintere Wand und glitt an ihr hinunter, bis er schließlich die angewinkelten Knie an seinen Brustkorb zog. Im Sitzen begann der Hominid, sich zu wiegen, während sein Blick plötzlich abwesend wurde, seine Umgebung nicht mehr wahrnahm.

Obgleich Alyssa seine absolute Wildheit verstand, verspürte sie gleichzeitig eine gewisse Trauer für ihn. Er war eine biotechnisch entwickelte Maschine, die keinen freien Willen besaß, sondern tun musste, wozu sie erschaffen worden war: Die neue Rasse beschützen. Er konnte nicht lieben, er konnte sich nicht vermehren; sein einziger Zweck bestand darin, zu dienen, ohne Hoffnung auf eine bessere Zukunft. Doch gleichzeitig wusste sie um seine Brutalität: Er würde sie im Handumdrehen töten, nur, weil er genetisch dazu programmiert war. Das menschliche Gen zur Gewaltanwendung war das Wichtigste in diesem Hominiden.

Alyssa Moore sah sich der dunkelsten Seite der Menschheit in ihrer reinsten Form gegenüber.

Sie blieb dicht bei John, als sie schließlich die Kammer verließen, beide in ihre eigenen Gedanken und subjektiven Beurteilungen versunken. Vor dem Raum stand der junge Seemann, der mit den »Ja, Sirs« um sich warf und sie zu ihrem Quartier eskortierte.

Hinter der Plexiglaswand, während die Lichter in der Kammer gedimmt wurden, wiegte sich der Hominid weiter vor und zurück und murmelte leise in einer prä-sumerischen Sprache vor sich hin. Und das bedeutete nur eines: Er besaß einen gewissen Grad an Intelligenz.

Wäre Alyssa Moore da gewesen, um es zu hören, wäre sie vielleicht in der Lage gewesen, etwas von dem, was er sagte, zu verstehen.

… Wir töten. Darauf sind wir spezialisiert. Und wir werden sie alle töten …

… Wir töten. Darauf sind wir spezialisiert. Und wir werden sie alle töten …

… Wir töten. Darauf sind wir spezialisiert. Und wir …

Das wiederholte er immer wieder in seiner prä-sumerischen Sprache, als sei es ein einprogrammiertes Mantra.

… Wir töten. Darauf sind wir spezialisiert …

… Und wir werden sie alle töten …

–7–

John und Alyssa saßen an dem kleinen Tisch, der ihre Kojen voneinander trennte.

»Wie es aussieht, haben sie ihre Hausaufgaben über uns gemacht«, sagte er zu ihr. »Sie wussten vom Baby. Das veranlasst mich zu der Frage, was sie sonst noch über uns wissen. Oder wie viele Leichen im Keller sie ausgegraben haben mögen, die sie gegen uns verwenden könnten.«

Alyssa hatte nichts Amoralisches in ihrer Vergangenheit verborgen, so viel wusste sie. John hingegen? Vielleicht, da er früher Soldat der Spezialkräfte gewesen war, der möglicherweise zu viele Geheimnisse verstaut hatte. Wenn das der Fall war, wäre er bei Menschen wie Scott, Percival und Dunleavy – Männer, die ein angenehmes Leben in einer Welt voller Tarnung und Geheimoperationen führten – in guter Gesellschaft.

John streckte sich und umfasste ihre Hände. Er konnte sehen, dass sie abwesend war. »Alles in Ordnung?«

»Sie wollen, dass ich sie durch einen Hindernisparcours führe«, sagte sie. »Und dem Genozid den Weg ebne.«

»Das ist ein Krieg«, erklärte er ihr. »Damit hat Scott recht. *Unsere* Zukunft hängt davon ab, dass *die* keine haben.«

»Du bist Soldat«, entgegnete sie. »Du wurdest darauf trainiert, so zu denken. Das Militär füttert einen mit Vorurteilen über den Feind. Und dann appelliert es an diese Vorurteile, weil es einfacher ist, jemandem die eigene Denkweise einzureden, als ihn durch Vernunft zu überzeugen. Und Männern wie Scott ist klar, dass die

Schwäche aller Menschen das Vorurteil ist. Wie könnte man die Massen besser für sich gewinnen? Deswegen sind wir in dieser Zwickmühle. Deswegen wurde unsere Auslöschung anberaumt. Wir sind zutiefst fehlerhaft. Und ich schäme mich, zu sagen, dass ich dabei bin, mich an einer Sache zu beteiligen, die eine systematische Liquidation einer Rasse unterstützen wird, die Harmonie anstelle von Krieg bringen würde.«

»Du bringst *uns* die Rettung. Und außerdem haben wir nicht darum gebeten. Nicht alle Menschen sind gewalttätig. Nicht alle Menschen sind schlecht. Und nur weil wir nicht ihrer Erwartung über die Aussaat der Menschheit gemäß agiert haben, sollten wir nicht verstoßen und wie Insekten unter ihren Füßen zertreten werden.«

John hat recht, überlegte sie. Dennoch blieb sie zwiespältig, weil sie nicht zum Mittelpunkt eines Projekts werden wollte, das das Überleben einer Spezies durch die Auslöschung einer anderen verlangte. Und doch war sie hier, als Sprachrohr fürs Pentagon. Und morgen, sobald die Sonne aufging, würde sie zu einer Reise in die Stadt Atlantis aufbrechen und die Pracht einer Zivilisation bezeugen, die man seit Langem für einen Mythos hielt.

Sie stand auf und ging zu einem Spiegel – welcher in Wirklichkeit nur eine spiegelblank polierte Metallplatte war –, der an einem Spind hing, und bemerkte, dass er sich wie ein Zerrspiegel verhielt. Sie wirkte deformiert und missgestaltet, die Realität dessen, was sie wirklich war, vollkommen verfälscht. Dann wandte sie sich ab und ging zu ihrer Koje.

»Gehst du früh schlafen?«, fragte John.

Sie schlüpfte unter die Decke. »Morgen wird bestimmt ein langer Tag.«

Nach kurzem Zögern sagte er: »Ich liebe dich.«

»Ich liebe dich auch.«

Dann schaltete er das Licht aus und tauchte das Schlafquartier in vollkommene Dunkelheit.

– 8 –

Der Morgen konnte für Alyssa, die sich den größten Teil der Nacht über in ihrem Bett hin und her gewälzt hatte, nicht schnell genug anbrechen. Doch es lag nicht an der engen Koje oder an dem Gedanken, an einem Ort zu schlafen, der ihr fremd war. Sie blieb des Kampfes der Gefühle wegen wach. Der sprichwörtliche »Gute Engel« landete auf einer Schulter, während der Teufel auf der anderen saß, und beide trugen ihre Gründe dafür, warum sie weitermachen »sollte« oder »nicht sollte«, vor. Doch am Ende war es der Teufel, der die tiefgreifendste Meinung vertreten hatte: Töten oder getötet werden.

So einfach war das.

Dann dachte sie darüber nach, wie leicht es war, eine beliebige Tat, ganz gleich wie niederträchtig, zu rechtfertigen, solange es am Schluss das Gewissen entlastete. *Und das,* dachte sie, *ist nur ein weiterer Makel in einer langen Liste von Qualifikationen, die das Auslöschen der Menschen begründet hat.*

Vielleicht verdienen wir es nicht besser.

Als sie von ihrer Koje aufstand, war es noch dunkel im Zimmer. Ihre Uhr zeigte 5:04, wenige Minuten vor Sonnenaufgang. Also zog sie sie sich leise an, um John nicht zu wecken. Doch der war bereits wach.

»Konntest du auch nicht schlafen?«

Er drehte sich in seiner Koje um. »Nein … nicht wirklich.«

Als das Licht anging, blinzelten beide gegen die Helligkeit. Im Nu waren sie angezogen und für das Klopfen an der Tür, das Ihnen mitteilen würde, dass Atlantis ganz nah im Westen läge, bereit.

Und dieses Klopfen erklang.

Endlich.

Der vor Elan strotzende Seemann eskortierte sie zur Anlegestelle, wo ein Minitauchboot mit einer Tragfähigkeit von sechs Personen einsatzbereit auf sie wartete. Paul Scott stand an Deck. Lieutenant Commander Percival und Commander Dunleavy trugen Kampfanzüge und Militärstiefel. Keine Waffen.

Scott grüßte Savage und Moore emotionslos. »Morgen.«

Sie begrüßten Scott gleichermaßen, teilnahmslos und eintönig. Für manche glich es einer Todsünde, so früh am Morgen ein Gespräch zu führen, da weder Verstand noch Zunge vollständig wach waren, und auf Paul Scott traf das zu.

An diesem Morgen war das Tauchboot mit John und Alyssa, Percival und Dunleavy, und Scott und dem Kapitän, einem Mann namens Jehovah, voll besetzt.

Als es vom Windenkran von Deck und zur Meeresoberfläche gehoben wurde, stiegen Blasen aus den Ballasttanks auf, die ihre Luft entließen, während die Propeller hinter dem Tiefenruder sich zu drehen begannen und das Wasser aufwühlten, bis es schäumte. Sobald die Befestigungen gelöst waren, begann das Tauchboot seinen Abstieg.

Alyssa konnte sich nicht erinnern, je so blaues oder klares Wasser gesehen zu haben. Es war türkis, und farbenfrohe Fischschwärme schwammen neugierig ums Bullauge herum. Hin und wieder zog der eine oder andere Barrakuda vorbei, aber keiner von ihnen schien ein Interesse am Tauchboot zu haben.

»Hier unten ist es wirklich schön«, kommentierte sie wie zu sich selbst. Das Wasser war vollkommen klar, sodass sie weit sehen und tausende Fische erkennen konnte. Steinformationen vermischten sich mit unglaublichen Korallenformen, alle seit Jahrtausenden unberührt. Sie waren so bunt wie die Schuppen mancher Fische, rubinrot und leuchtend grün.

Zwanzig Minuten später bremsten die Propeller leicht ab und die Rotoren wurden langsamer. Dann beschrieb das Gefährt einen Kreis um den Rand des blauen Lochs, eine einzige Runde. Es maß etwa sechzig Meter im Durchmesser und war ein rundherum perfekter Kreis.

Dann neigte sich das Tauchboot um fünfundvierzig Grad nach unten, die Propeller wurden schneller, und das Gefährt bewegte sich rascher auf sein Ziel zu. Das helle Blau des Meeres wurde violetter, je tiefer sie kamen, aber nicht vollständig: Noch immer fiel Licht durch die Decke auf die Stadt darunter.

Als Alyssa die Pyramiden und die Statuen erblickte, die in Größe und Statur dem Koloss von Rhodos glichen, stockte ihr der Atem. Das Tauchboot manövrierte nahe an eine solche Statue, und ihr riesiger Kopf stellte es vollkommen in den Schatten: Es war nicht viel größer als ihr Auge.

Auf ihrem weiteren Abstieg kamen sie über etwas vorbei, das einst, vor der Überflutung, eine Prachtstraße gewesen sein könnte. Sie trieben an gewaltigen Pyramiden vorbei, viel größer als jene in Gizeh. Es gab einen Tempel, der an die Sphinx erinnerte, wenngleich er eher wie ein Greif als ein Löwe mit Menschenkopf aussah. Und dort stand ein Kolosseum, ein mehrstöckiges Stadium, beinahe fünfzig Meter hoch und ungefähr drei Footballfelder lang.

In der Ferne entdeckten sie Lichtpunkte und -kegel von Unterwasserlampen. Neben der größten Pyramide befand sich eine Ansammlung von zusammengefügten Modulen, die aus Wohnbereichen, Labors, einem Speisesaal, einem Aufenthaltsraum und einer Bibliothek bestanden. Das Gebiet umfasste beinahe sechstausend Quadratmeter Wohnfläche.

Nachdem das Tauchboot auf wenige Meter über dem Meeresboden herabgekommen war, positionierte es sich unter dem Hauptmodul, füllte die Ballasttanks mit Luft, und begann seinen Aufstieg zur Docköffnung über ihnen. Sobald das Gefährt die Oberfläche durchbrochen hatte, sicherte ein Team es flink. Alyssa stieg zuerst aus, gefolgt von John und den anderen.

Diejenigen, die an den Sicherungsstationen für die Tauchboote arbeiteten, trugen ärmellose, ölfleckige T-Shirts. Befehle wurden gebrüllt. Die Männer bewegten sich rasch und effizient. Dunleavy bedeutete John und Alyssa, ihm durch eine Reihe röhrenartiger Module zu folgen, die sie zur Schaltzentrale dieser improvisierten Stadt führten: zur Kommandozentrale.

Der Raum war groß und rund und voller hochmodernem Equipment, das weder John noch Alyssa kannten. Es war eine riesige Kammer voller technologischer Zauberei. Und obwohl Arthur C. Clarke den sinngemäßen Satz, dass »Magie noch nicht verstandene Wissenschaft« sei, geprägt hatte, gab es hier keine Magie. *Alles* war Wissenschaft.

An der Wand gab es einen riesigen Monitor, der von mehreren Aufnahmen geteilt wurde, wie ein Überwachungsbildschirm, auf dem man mehrere Bereiche eines Gebäudes gleichzeitig in Echtzeit sehen kann.

Eine dieser Übertragungen war eine Außenansicht einer Kamera vor den Modulen. Soweit John und Alyssa es erkennen konnten, wurde gerade eine Art Überdruckkammer an einem Metallring befestigt – der als Dichtung dienen sollte –, der wiederum an der Wand einer Pyramide angebracht worden war.

John zeigte auf das Bild. »Was geht da vor sich?«, fragte er in die Runde.

Dunleavy antwortete ihm. »Wir verbinden eine Überdruckkammer mit der Pyramidenwand«, sagte er. »Der Metallring, den Sie da an der Wand sehen, ist hoch magnetisch und wird als Dichtung dienen. Die Kammer ist mit einem kleinen Raum verbunden, von dem aus der Verantwortliche ein Bohrsystem mittels Kontrollen bedienen kann. Er wird nur wenige Meter von der Wand entfernt sein, perfekt sehen können, und er wird trocken und sicher bleiben. Sobald das Loch gebohrt ist, wird er eine mobile Kamera fernsteuern und das Innere der Pyramide scannen. Nachdem eine Route bestimmt und ausgearbeitet wurde, werden wir ein Team in Panzertauchanzügen reinschicken.«

»Diese Wände können ganz schön dick sein«, bemerkte John.

»Nicht an dieser Stelle«, erwiderte Dunleavy. »Wir haben Boden- und elektromagnetisches Radar eingesetzt. Am Zugangspunkt ist der Fels nur fünfzig Zentimeter dick.«

»*Nur* fünfzig Zentimeter? Ist Ihnen klar, wie dick ein halber Meter Zentimeter Fels ist?«

Dunleavy sah ihn an. »Natürlich. Das ist ein halber Meter weniger als ein ganzer Meter, was die Felsdicke überall sonst zu sein scheint.«

Gutes Argument. Dieses Team hat eine gründliche Untersuchung vorgenommen, dachte er. *Insbesondere, nachdem sie zwei Jahre Zeit dazu gehabt hatten.*

Als sich die Überdruckkammer mit dem Ring an der Pyramidenwand verband, wurden weitere Tests durchgeführt, um sicherzugehen, dass die Dichtung intakt war. Das Messgerät zeigte 100 %, was bedeutete, dass es keine Lecks gab. Es hätte keinen besseren Wert geben können, denn so waren, keine Anpassungen nötig.

Sobald sämtliche Computersysteme auf Grün standen und anzeigten, dass alle Werte auf sicheren Levels waren, betrat ein Mann namens Dietz die Kammer. Er trug nichts als einen grauen Overall. Am Ende der Kammer waren zwei große Joysticks an einem Steuerpult befestigt. Hinter dem Pult befand sich eine dicke Scheibe druckbeständigen Glases, die einen Ausblick auf die zwei Meter wassergefüllte Entfernung zwischen der Kammer und der Pyramidenwand bot. Zwischen dem Trockenbereich der Kammer und dem Äußeren der Wand stand eine Plattform mit einem mechanischen Arm, an dem ein Diamantbohrer befestigt war. Nachdem Dietz einige Kippschalter umgelegt hatte, beleuchteten helle Lampen vor dem Fenster die Wand und den Bohrpunkt.

Dietz reckte einen Daumen hoch. Alles war einsatzbereit.

Paul Scott klappte sein Lippenmikrofon herunter. »Sie können loslegen, Mr. Dietz.«

Zur Freude aller Betrachter änderte sich der Monitor in der Kommandozentrale und erlaubte ihnen, zu sehen, was Dietz tat. Kameras zoomten näher heran, während der mechanische Arm durch das Manöver der Joysticks angehoben und gelenkt wurde. Der Bohrkopf drehte sich. Seine Spitze trug die Pyramidenwand ab.

Felssplitter stieben nach außen wie Staub und beeinträchtigten das Bild auf dem Monitor, bis es neblig wirkte. Doch die grünen Lampen und Zahlen auf dem Bedienpult sahen gut aus, keine Probleme, der Bohrer erledigte seinen Job. Das Messgerät bestätigte, dass der Bohrkopf fünfundzwanzig Zentimeter weit vorgedrungen war und sich mühelos vorwärtsbewegte.

Weniger als zwei Minuten später war die Arbeit erledigt. Ein kreisrundes Loch mit einem Radius von sechzig Zentimetern war ausgebohrt worden und hatte einen dunklen Schlund hinterlassen. Sobald die Bohrerspitze herausgezogen war und sich der Staub gelegt hatte, manövrierte Dietz einen zweiten Arm ins Loch. An dessen Ende saß eine runde Kamera mit einer einzelnen Linse, ein Zyklopenauge von der ungefähren Größe eines Baseballs, dessen Scheinwerfer so intensiv waren, dass sie der Linse eine bis zu sechs Meter weite klare Sicht in absoluter Dunkelheit ermöglichten.

Der mechanische Arm bewegte sich ins aufgebohrte Loch und hinter die fünfzig Zentimeter der Wand. Der Drehkopf bewegte sich hin und her, während das Zyklopenauge begann, seine Umgebung aufzuzeichnen.

Es befand sich in einem Korridor mit hohen Wänden und Decken, der wie ein Trapez geformt war, also breit am Boden und mit schräg zulaufenden Wänden, sodass die Breite der Decke die halbe Breite des Bodens betrug.

Sobald der mechanische Arm zu voller Länge ausgefahren war, löste Dietz das Zyklopenauge, damit es sich unabhängig am Ende eines Kabels bewegen konnte, das so dick war wie ein Billardqueue. Das Auge entfernte sich immer weiter vom Arm und zog in Schlangenlinien durchs Wasser. Alle seine Bewegungen wurden von Dietz mittels der Kontrollen in der Überdruckkammer reguliert.

»Kommandozentrale, hören Sie mich?«, sagte Dietz in sein Lippenmikro.

»Wir hören Sie«, sagte Scott.

»Ich schalte die Sensoren zur Druckmessung ein.«

»Verstanden.«

Sie konnten sehen, wie Dietz zusätzliche Schalter umlegte. Dann tat er etwas Merkwürdiges: Er begann, mit den Fingerspitzen gegen das Glas der Messgeräte zu klopfen.

»Stimmt was nicht?«, fragte Scott ihn.

»Die Zahlen müssen verkehrt sein«, sagte Dietz. *»Vielleicht die Schalter. Fehlerhafte Sensoren.«*

»Warum? Was ist los?«

»Das Gerät misst 1,5 Bar.«

»Das kann nicht stimmen«, sagte Scott. »In einer solchen Tiefe müsste der Druck zehnmal höher sein.«

»Sehe ich auch so. Aber die Anzeigen stehen. Wir prüfen das mit Alison nach.« Alison war ein Hydrobot, ein hochmodernes Gefährt, das mittels einer Fernbedienung bewegt wurde.

»Überprüfen Sie die Sensoren.«

»Hab ich gerade. Sie sind voll funktionsfähig. Es werden keine Probleme angezeigt.«

»Verstanden.«

Das Zyklopenauge drehte sich nach links, dann nach rechts. Kanäle und Tunnel mit den gleichen hohen Wänden und Decken zweigten von diesem Korridor ab, und jede Passage sah genau so aus wie die andere.

Dann schoss etwas am Auge der Linse vorbei, etwas Langes, Schlankes und Bandförmiges. Das Zyklopenauge versuchte, seinem Weg zu folgen, drehte sich mit ihm, verlor es; das Ding glitt flink und spielerisch durchs Wasser.

Das Zyklopenauge sah nach oben, unten, links, rechts. Nichts.

Dann wieder ein Aufblitzen, etwas von leuchtend grüner Farbe, lang und dünn, mit geschmeidigen Bewegungen. Die Kamera bewegte sich hektisch hin und her, um es einzufangen.

Zack.

Eine dritte Runde.

In der Kommandozentrale versammelte sich eine Gruppe.

»Los doch, Dietz«, sagte Scott durch sein Lippenmikro. »Finden Sie raus, was das ist.«

Dietz' Antwort erklang über die Lautsprecher der Kommandozentrale. *»Was glauben Sie, was ich hier versuche?«*

Es gab ein viertes und fünftes Aufblitzen. Was es auch war, es bewegte sich unfassbar schnell um die Linse herum, wie in Raserei. Jetzt ein Aufblitzen spitzer Zähne, nadelgleich, verflucht scharf und spitz, die in die Linse bissen, sie angriffen. Das Glas des Zyklopenauges hielt stand. Und dann war das Ding fort. Die Kreatur schwamm mit einer geschmeidigen Bewegung den Tunnel entlang.

In der Kommandozentrale erklang kollektives Stöhnen, da man sich mehr erhofft hatte, nachdem das Zyklopenauge endlich das Bild in seiner Gesamtheit eingefangen hatte.

»Alles klar«, sagte Scott. »Das ist nur ein Atlantik-Aal, den die Kamera neugierig gemacht hat, das ist alles.«

Weiteres Stöhnen.

Dann sagte Scott zu Dietz: »Gehen Sie weiter.«

»Verstanden.«

Das Zyklopenauge und sein Haltekabel spulten sich weiter von der Rolle ab und drangen tiefer in die Pyramide vor.

Das Kabel bewegte sich aufwärts zur Decke. Nichts als eine glatte Ebene. Das Gleiche galt für die Wände: Alles war so glatt wie Glas. Es gab keine Inschriften. Keine Flachreliefs. Keine antiken Schriftzeichen oder Symbole. Es gab überhaupt nichts, aus dem man schlau werden konnte.

Während das Auge weiter die Anatomie der Pyramidenstruktur samt der Korridore aufzeichnete und abbildete, agierte ein Computer in der Überdruckkammer als Kartograf, um ein detailliertes Schema des Pyramidengrundrisses zu erstellen.

Doch als das Zyklopenauge das Ende seines Kabels erreicht hatte, um die fünfhundertfünfzig Meter, hatte es kaum fünf Prozent der Pyramide erfassen können.

»Okay«, sagte Dietz. *»Der Bereich rund um den Zugang ist erfasst. Und es scheint keine Bedrohungen oder Gefahrenbereiche zu geben. Ich gebe Alison frei.«*

»Alison hat grünes Licht«, sagte Scott in sein Lippenmikro.

Alison war eine tauchfähige Minikamera, die bis zu zehn Quadratmeter weit ferngesteuert kontrolliert werden konnte und Navigationsanweisungen aus der Überdruckkammer erhielt.

Dietz wechselte zu einem gesonderten Steuerpult mit einem PC samt Tastatur.

Nun verwandelte sich das dicke Glas der Überdruckkammer, das Dietz von der Pyramidenwand trennte, von einer durchsichtigen Scheibe in einen Übertragungsmonitor. Er sah nicht länger auf den Durchbruch der Pyramidenwand, sondern auf horizontale Linien, wie man sie üblicherweise auf einem Bildschirm findet, der urplötzlich seine Funkfrequenz verloren hatte. Nach einigen schnellen Anschlägen auf der Tastatur erwachte das zum Fernsehbildschirm gewordene Fenster blinkend zum Leben und zeigte wieder die Pyramidenwand. Auf die Scheibe gebannt war jedoch Alisons Perspektive, die auf der Plattform direkt vor der Überdruckkammer stand.

»Alison ist gestartet und läuft«, sagte Dietz.

»Schicken Sie sie los«, sagte Scott.

Alyssa, John, Percival und Dunleavy betrachteten den großen Bildschirm mit vor der Brust verschränkten Armen. Im Raum war es größtenteils still, abgesehen von einem gelegentlichen Hustenreiz einer der Mitarbeiter, meistens im hinteren Bereich. Das Bild war scharf und klar und der Wandmonitor der Zentrale sah alles, was Alison sah, in HD.

Dann gingen die ultrahellen Lichter des Hydrobots an und tauchten den Bereich in strahlendes Licht. Anschließend hob die mobile Einheit, die etwa die Größe einer Mikrowelle hatte, von der Plattform ab, schwebte im Wasser, während sie ihre zuvor vom Zyklopenauge ausgearbeitete Richtungsanweisungen erhielt, und betrat dann das Loch.

Da sie, anders als das Zyklopenauge, nicht kabelgebunden war, bewegte sie sich in einem ordentlichen Tempo durchs Wasser, von Propellern angetrieben. Sie bog ab, von einem Gang in den nächsten, spähend und suchend. Doch die Wände waren nackt. Keine Inschriften oder

Symbole und kein eindeutiger Hinweis darauf, wann diese Stadt erbaut worden war.

»Dietz an Einsatzzentrale.«

»Sprechen Sie«, antwortete Scott.

»Ich erhalte die allergleichen Werte von Alison wie vom Auge, was den Druck betrifft«, sagte er. *»1,5 Bar, genau wie es in fünfzehn statt hundertfünfzig Metern Wassertiefe zu erwarten wäre. Die Sensoren sind in Ordnung. Es gibt keine Fehlfunktionen zu melden. Wenn das stimmt, dann werden wir keine Panzertauchanzüge brauchen.«* Ein Panzertauchanzug war ein Einmann-U-Boot, das an eine Rüstung erinnerte. Da er in der Lage war, Druck und Atmosphäre in weiten Tiefen intern zu regeln, war er schwer und sperrig.

»Verstanden«, sagte Scott.

Zwei Stunden lang kartografierte Alison, was das Zyklopenauge nicht gekonnt hatte. Korridore und Flure verliefen nebeneinander und schienen ins Nirgendwo zu führen, wie in einem Irrgarten oder Labyrinth, was absolut keinen Sinn ergab. Doch als sich Alison dem Mittelpunkt der Pyramide näherte, erreichte sie eine bauliche Anomalie. Während ihre Lasermarker in Windeseile Hindernisse, Abmessungen und Entfernungen bestimmten, um ihre Umgebung binnen einer Nanosekunde aufzuzeichnen, und diese Daten zum Hauptcomputer in der Überdruckkammer weitergeleitet wurden, um vollständig ausgearbeitet zu werden, nahm sie vor sich … eine Bewegung wahr.

Die Lasermarker berechneten, dass das Objekt groß und schnell war und sich auf den Kern der Pyramide zubewegte.

Alison nahm die Verfolgung auf, obgleich sich das Objekt außerhalb ihrer Beleuchtungsmöglichkeiten befand und von ihrem Auge nicht eingefangen werden konnte. Doch ihre Lasermarker bestätigten, dass *dort* etwas in Dunkelheit gehüllt war, etwas, das zu entkommen versuchte, indem es die Entfernung zwischen ihnen vergrößerte.

Doch Alison war schnell, da Dietz Gas gab. Die Einheit zischte jetzt durch die Korridore und verringerte den Abstand.

Alisons Lichter begannen, die Dunkelheit zu durchdringen, die das Licht zurückzutreiben schien. Ihre Scheinwerfer wirkten hier gewissermaßen blockiert: Das Licht war nicht so hell, wie es sein sollte.

Trotzdem kam sie näher. Die Quasi-Helligkeit ihrer Lampen versuchte, ein Licht auf das Ding zu werfen, dem sie folgte.

In der Kommandozentrale hielten alle den Atem an, während sie zusahen und abwarteten. Ihre Neugier steigerte sich ins Unermessliche.

Alison!

Sie näherte sich jetzt dem Ding.

Noch zwölf Meter.

Und sie holte auf.

Voraus erschien ein Licht von der Art, wie man es sähe, wenn man eine leicht geöffnete Tür am Ende eines Flurs erreichte, hinter der eine Lampe im Zimmer brannte. Zuerst war es schwach. Dann wurde es stärker, heller. Seine Intensität war von einem beinahe unwirklichen Glanz.

Der Abstand zwischen Alison und dem Objekt hatte sich auf unter neun Meter verringert.

Da, eine Gestalt zeigte sich auf dem Bildschirm, etwas Formloses, silhouettenhaft vor dem Hintergrund dieses

Lichts, fliehend. An den Bildschirmrändern wurde das Licht heller, während dieses unbeschreibliche Weiß näher auf den Mittelpunkt des Monitors zukam, das Bild und diese Gestalt verschluckte.

Dann hielt das Ding an.

Und wartete.

Die Gestalt im Licht verwandelte sich in eine wogende Masse, die sich merkwürdig bewegte.

Sie war unkenntlich.

Dennoch lockte sie Alison, bat sie mit einem Arm so verdreht und knorrig wie der Ast einer alten Eiche näher; ein Körperglied im Spiel mit dem überwältigenden Licht.

Dann erschien aus dieser unwirklichen Helligkeit ein blauer Lichtstoß, ein Blitz, der Alison traf und ihre Werte ins Chaos stürzte. Ihre Laseraugen und -marker erstarben. Ihre Fähigkeit, die Umgebung aufzuzeichnen, war lahmgelegt. Doch dort, auf dem Bildschirm, während sich die blauen Blitzentladungen im Zickzack über die Linse von Alisons Auge zu bewegen schienen, verblieb die Gestalt, wenngleich unkenntlich, bis zu dem Moment, da sie sich näherte.

Alisons Auge wurde dunkel.

Hinten in der Kommandozentrale rief jemand: »Nein.«

Und dann verlor Alison die Orientierung und bekam Schlagseite, wie ein Schiff, das einen vergeblichen Kampf gegen das Unausweichliche verlor und kurz davor stand, zu sinken. Sie drehte sich, überschlug sich, ihre Propeller fielen aus, erst der eine, dann der andere. Und dann begann sie, zu Boden zu sinken. Das Auge der sterbenden Maschine erhaschte einen letzten Blick, bevor sie sich abschaltete.

Weniger als einen Sekundenbruchteil lang, aber doch lange genug, um zur eingehenderen Untersuchung als Standbild festgehalten zu werden, war ein einziges, prüfendes Auge zu sehen, eisblau, mit goldenen Flecken und einem horizontalen Schlitz als Pupille.

Dann verblasste es. Auf dem Bildschirm blieben nur Linien und der Schnee einer abgebrochenen Übertragung zurück.

»Verdammt!«, rief jemand von hinten.

Scott sprach in sein Lippenmikro. »Dietz!«

»Wir haben sie verloren. Wir haben Alison verloren. Das Pult sagt, dass ihre Schaltkreise durchgebrannt sind.«

»Haben wir irgendwelche Daten von ihr bekommen, bevor sie ausfiel?«

»Ich lade sie Ihnen gerade auf den Monitor«, antwortete Dietz.

Der Wandbildschirm erwachte zum Leben, als neue Bilder aus Alisons Datensammlung heruntergeladen wurden. Ihre Lasermarker waren dazu geschaffen, Größe, Länge und Breite eines Bereichs binnen eines Sekundenbruchteils zu berechnen und zu bestimmen. Und anhand dieser Koordinaten entwickelte Alison eine Karte des Grundrisses. Sie war ein perfekter, hochmoderner Kartograf.

Linien tauchten auf dem Bildschirm auf. Korridore und Flure in rechten Winkeln, ein Irrgarten, der jedoch zu einem zentralen Bereich im Kern der Pyramide führte. Alison hatte die Routen perfekt kartografiert, genau wie sie konzipiert war. Doch an der Stelle, als sie diese blauen Blitze eingesteckt hatte, waren die Linien nicht komplett. Ihre kartografischen Fähigkeiten hatten unter dem elektrischen Schlag Schaden genommen.

Dennoch erschien die Karte weiter auf dem Bildschirm. Linien und Winkel mit geometrischer Symmetrie, die vor zehntausenden Jahren, als der Neandertaler auf dem Planeten gewandelt hatte, erschaffen worden waren, bewiesen eindeutig eine architektonische Expertise.

Zum Zeitpunkt ihres Todes hatte es Alison geschafft, den Anfang eines Eingangs, der in eine riesige Kammer führte, zu registrieren und zu berechnen. Wenngleich sie ihre Aufgabe nicht hatte abschließen können, hatte sie doch genug getan. Sie war in der Lage gewesen, Größe und Tiefe der Kammer teilweise zu kalkulieren, und hatte bis zu dem Moment ihrer Abschaltung elf Prozent des Raums hinter dem Eingang verarbeitet.

Falls der Bereich geometrisch proportional zum Rest des Designs war, wäre jene Kammer, der Hochrechnung nach, zweihunderttausend Quadratmeter groß, exakt bis auf den letzten Zentimeter.

Aber Alison hatte viel mehr registriert. Innerhalb dieser elf Prozent ihrer Daten hatte sie kleine Objekte erfasst, die den Boden säumten, alle in gleichmäßigen, sehr kurzen Abständen. Diese Objekte wurden auf dem Bildschirm mit einem kleinen x markiert. Alison hatte mehr als fünftausend solcher Markierungen gesetzt, was bedeutete, dass diese Kammer, aufgrund ihrer Fläche, mehr als fünfzigtausend Objekte beinhalten konnte. Was das für Objekte waren, war jedoch nicht zu bestimmen.

Allerdings hatten Scott, Commander Dunleavy, Lieutenant Commander Percival, John Savage und Alyssa Moore alle den gleichen Gedanken: *Das müssen die Kapseln sein.*

Doch das war eindeutig Spekulation und ein voreiliger Schluss ihrerseits, nichts weiter.

Was eingehend untersucht werden sollte, war allerdings der letzte Blick aus Alisons Auge auf das, was sie dabei erwischt hatte, sie mit seinem eigenen, neugierigen Blick durch ihre Linse anzustarren.

Eines war sicher: In der Pyramide befand sich etwas. Und möglicherweise war es nicht allein.

Nach all diesen Jahren war Atlantis noch immer bewohnt.

– 9 –

Nach den Erkenntnissen von Alison und dem Zyklopenauge hielten sich John und Alyssa mit Lieutenant Commander Percival und Commander Dunleavy im Konferenzraum auf, wo sie Berichte und Fotos auf dem Wandmonitor mittels PinPoint studierten. Im Moment betrachteten sie den neugierigen Blick direkt vor Alisons Abschaltung.

»Es ist ein Auge«, sagte Percival, als sei das keine große Sache. »Wir sahen eine schemenhafte Gestalt, bevor sie sich näherte, undefinierbar, aber der Konsens lautet, dass es das Auge eines Oktopus ist. Oder vielleicht eines Tintenfischs. Und wir wussten, dass es dort unten Lebewesen gibt, weil uns der Atlantik-Aal beim Durchbruch in die Pyramide aufgefallen war.«

»Und was ist mit den blauen Entladungen, die Alison außer Gefecht gesetzt haben?«, fragte John.

»Das könnte eine interne Fehlfunktion gewesen sein«, erwiderte Dunleavy.

»Und das helle Licht?« Diese Frage kam von Alyssa.

»Fehlfunktion«, sagte Percival schlicht und schob ein unbesorgtes Achselzucken nach.

»Ich will Ihnen mal was sagen«, unterbrach John Savage. »Alyssa und ich sind mit Spezialeinheiten und Elitesoldaten in die Tempel und Krypten von Eden gegangen. Nicht ein Einziger kam lebend wieder raus. Der dritte und letzte Tempel, der das Labor und die Farm für diese Nachfolger war, war ein Wunder der Technologie, das unsere Wissenschaftler nicht einmal ansatzweise verstehen konnten.«

»Wollen Sie auf etwas Bestimmtes hinaus, Mr. Savage?«, fragte der Lieutenant Commander.

»Ja. Ich will auf etwas Bestimmtes hinaus«, erwiderte er brüsk. »Dieses helle Licht, diese blauen Entladungen und das Ding in dem Licht waren keine Fehlfunktion. In Eden hatten wir es mit Wächtern wie demjenigen, den Sie auf der Plattform festhalten, zu tun. Was Alyssa und ich gesehen haben, was die Soldaten, die bei uns waren, gesehen haben, war ein helles Licht, das von einer Energiequelle ausging, die das Herz der Einrichtung darstellte. Die blauen Entladungen waren ein Verteidigungsmechanismus. Wie bei einem Immunsystem, das etwas Fremdes bekämpft. Und Alison war genau das.«

»Und was ist mit der Gestalt im Licht, Mr. Savage? Ach, natürlich, Sie werden uns erzählen, dass es ein Wächter war, richtig?«, fragte Dunleavy.

»Wollen Sie etwa, dass ich glaube, es war das Auge eines Cephalopoden, zum Beispiel eines Oktopus? Ernsthaft?«

»Mr. Savage.« Lieutenant Commander Percival stützte seine Ellbogen auf den Tisch, als er sich vorbeugte. »Dieser Wächter, wie Sie ihn so gerne nennen, ist dem Konzept nach ein Säugetier, das absolut keine Kiemenstruktur besitzt. Erklären Sie mir also, wie etwas mit dieser Beschaffenheit ohne biologischen Apparat zu Unterwasseratmung da unten überleben kann?«

Savage zögerte. »Durch die Technologie«, sagte er dann. »Ich bin sicher, das wäre kein großes Problem.«

Percivals Antwort kam prompt. »Unterm Strich ist es doch so: Bis wir einen Beweis für das Gegenteil haben, hat Alisons Fehlfunktion eine vernünftige und logische Erklärung. Ihr Atlantis ist eine tote Stadt – schon seit fast zwanzigtausend Jahren. Lebewesen wie Cephalopoden und Aale fanden dort eine sichere Zuflucht.«

»Sie werden ihre Männer so oder so reinschicken, nicht wahr?«, fragte Alyssa. »Egal, was wir gesehen haben, Sie werden die Gefahren einfach wegerklären und trotzdem eine Mission rechtfertigen.«

Dunleavy zog eine Augenbraue hoch. »Ich erkläre gar nichts weg«, sagte er. »Ich weise nur auf vernünftige Fakten hin. Statt auf Folklore.«

John schüttelte den Kopf. »Egal, wie sehr Alyssa und ich Sie warnen, Sie werden doch alle Vorsicht in den Wind schlagen und die Gefahren vergessen. Sie werden sämtliche Vernunft missachten, zum Wohl der Nation, weil die Technologie und die möglichen militärischen Anwendungen, die diese Stadt unserem Land bieten könnte, ihm einen Vorsprung in der Weltgemeinschaft verschaffen würden.«

»Das stimmt haargenau, Mr. Savage«, sagte Dunleavy. »Darüber werde ich nicht lügen.«

Dann holte er ein anderes Bild auf den Monitor. Es war Alisons letzter Download, etwas, das ihre Laseraugen erfasst und in der Form einer teilweisen Karte konfiguriert hatten. Es war der zentrale Bereich der Pyramide, der Eingang, der in eine riesige Arena voller unbekannter Objekte führte.

»In Eden«, sagte Percival zu Alyssa, »fanden Sie eine Kammer mit zehntausenden Kapseln, die als Inkubatoren für diese Nachfolger dienten, richtig?«

Sie nickte. *Richtig.*

»Können Sie anhand des von Alison ausgearbeiteten Entwurfs sagen, ob diese Kammer derjenigen, die Sie in Eden gefunden haben, ähneln könnte?«

»Ja.« Dann sah sie Percival direkt an. Ihr Ausdruck war steinhart und stark. »Wie John sagte, da drinnen gab es eine schützende Kraft, ein Licht, das gleichzeitig als etwas Ehrfurchtgebietendes und Tödliches agierte.«

»Und diese Wächter?«

»Sie waren die erste Verteidigungslinie«, antwortete Savage.

Dunleavy nickte. Dann setzte er nach kurzem Zögern nach: »Und doch haben Sie beide überlebt, während alle anderen ums Leben kamen, zumindest laut Ihnen. Würde es Ihnen was ausmachen, mir zu erklären, wie Sie beide es schafften, dem Einflussbereich dieses Lichts zu entkommen, wo es doch so tödlich war?«

»Wir waren mit einer militärischen Eliteeinheit zusammen«, sagte er. »Doch die Männer wurden ausgeschaltet. Ihr Kampf gegen diese Kraft verschaffte Alyssa und mir die Gelegenheit zur Flucht. Und lassen Sie mich Ihnen sagen, dass nichts im Inneren dieser Krypten oder Tempel den Wert eines Menschenlebens besaß. Und doch wurden viele auf der Suche nach einer Vergangenheit, die sich als ein Blick auf unsere Zukunft erwies, ausgelöscht.«

»Und Sie glauben jetzt also, dass es exakt die gleichen Technologien, wie Sie sie in Eden fanden, in dieser Stadt unter dem Meer gibt?«

Alyssa mischte sich erregt ein. »Es ist Atlantis. Warum ist das auf wissenschaftlicher Ebene so schwer zu glauben? Weil es mythologisiert wurde? Tja, ich will Ihnen mal was sagen: Troja auch. Und Troja stellte sich als echt heraus. Tatsächlich wurde es entdeckt, indem man die Schriften antiker Philosophen als Quelle nutzte. Plato mag sich in der Stelle geirrt haben, aber Atlantis existiert.«

»Ms. Moore …«

Sie war nicht zu bremsen. »Als die Polarkappen vor zwanzigtausend Jahren zu schmelzen begannen«, fuhr sie fort, »stiegen die Meeresspiegel ungefähr auf den heutigen Stand an. Die Natur folgt einem zyklischen Muster. Und innerhalb der nächsten hundert Jahre werden der gesamte Staat Florida und das Mississippi-Delta vollständig unter Wasser liegen, genau wie New York City und Boston. All die großen Städte werden verschwunden sein, unter dem Meer begraben wie Atlantis. Und neue große Städte werden sich an den neuen Ufern erheben, sobald der Schmelzzyklus schließlich beendet ist. In dieser Stadt da unten, so weit sie sich ausdehnt, finden Sie eine Technologie, die unser Verständnis um hunderte Jahre übersteigt. Wenn Sie da reingehen, dann ist das wie David gegen Goliath, nur ohne Schleuder.«

»Also, ich muss schon sagen, Ms. Moore, Ihr Verständnis dafür, was sie sind und was sie uns bringen, untermauert die Haltung der Regierung in dieser Sache nur. Entgegen Ihrer Meinung, dass wir diesen technologischen Kräften gewissermaßen unterlegen sind, glaubt das Pentagon das Gegenteil.«

»Und deswegen werden Sie bei diesem Unterfangen scheitern«, antwortete sie. »Arroganz wird einen Mann immer in seinen Untergang führen, weil sie ihm unerschütterlichen Mut verleiht.«

»Deswegen sind Sie hier, Ms. Moore. Um uns einen Vorteil zu verschaffen. Deuten Sie die Symbole, die wir gewiss entdecken werden. Lassen Sie uns wissen, wie wir vorgehen sollen.«

Sie lehnte sich zurück und erinnerte sich daran, was John ihr über die Arroganz der Erschaffer erzählt hatte. *Sie haben mit dem menschlichen Genom gespielt, nur um uns wegen unserer Makel mit kühler Berechnung aufzugeben und wegzuschieben und uns mit einer perfekteren Menschenrasse zu ersetzen. Wir sind keine Kohlenstoffformen, mit denen man nur experimentiert und sie dann wie Insekten vernichtet, weil die glauben, vollkommen über uns zu herrschen wie die Götter. Wir leben. Wir atmen. Wir lieben und bekommen Kinder. Vor allem: Wir haben ein Recht aufs Überleben.*

Doch davon unabhängig war Genozid, zumindest Alyssas moralischem Kompass nach, unausweichlich. Und das machte ihr am meisten zu schaffen.

Sie schloss unter plötzlichen Gewissensbissen die Augen.

»Ms. Moore.« Dunleavys Stimme suggerierte Ruhe. »Unsere Zukunft liegt nicht in der Hand von Atlantis. Sie liegt in *unserer* Hand. Und wenn wir nicht angemessen reagieren, wenn wir nicht bald handeln, trotz der Gefahren und Tücken, werden wir im Jahr 2026 *alle* verschwunden sein.«

Sie seufzte und sah dann zu John, der einen neutralen Ausdruck trug; er schien keine Meinung dazu zu haben.

Sie drehte sich Dunleavy zu, dann Percival. »Ihnen ist klar, dass das Licht, das Alison eingefangen hat, keine Fehlfunktion war, richtig?«

Sie blieben stumm.

»Sie wissen, dass die Gestalt am Ende des Gangs, der in die Kammer führte, kein Cephalopode war, korrekt?«

»Es war ein Cephalopode, Ms. Moore. Vielleicht ein Oktopus. Nichts weiter.«

»Und Sie wissen, dass Menschen sterben werden.«

Percival lehnte sich auf seinen Stuhl zurück. »Im Krieg, Ms. Moore, zieht eine gerechte Sache immer Opfer nach sich.«

Sie dachte an die Geschichte der Menschheit, an die Genozide und Massaker, an ISIS und andere Terroristengruppen. Fehlerbehaftet, ja. Perfekt, nein. Doch es gab welche, die das wahre Gute im Menschen sahen und im Bestreben nach Frieden weiterkämpften. Nicht jeder verdiente es, für den Hass und die Vorurteile Weniger zu sterben.

»Was haben Sie vor?«, fragte sie.

Dunleavy antwortete. »Wir schicken ein Team rein. Nur zum Erkunden und Lokalisieren. Wir müssen uns ganz sicher sein, womit wir es zu tun haben. Könnte es eine Fehlfunktion seitens Alison gewesen sein? Vielleicht. Das haben wir noch nicht ausgeschlossen. Aber wir müssen es bestätigen.« Er zögerte kurz. »Wir müssen wissen, was in dieser Kammer ist. Und wir wollen, dass Sie und John Savage uns die Richtung weisen.«

»Sie wollen mich zum Gerätetauchen schicken?«

»Nur, wenn Sie keine Kiemen besitzen.«

Sie sah John an, der ihr zuzwinkerte. *Ich bin dabei,* sagte dieses Zwinkern.

»Ihnen wird nichts passieren«, sagte Dunleavy, und Alyssa wandte sich ihm wieder zu. »Das versichere ich Ihnen. Und ich weiß, Ms. Moore, dass der Nervenkitzel, durch die magischen Gänge und Korridore von Atlantis zu gehen, zu groß für Sie wäre, als dass Sie ›nein‹ dazu sagen könnten. Es liegt Ihnen so sehr im Blut, wie es Ihrem Vater im Blut lag.«

Das ist wahr, sagte sie sich. Wieder einmal spielte Dunleavy mit ihrer Schwäche. Sie *wollte* Atlantis sehen. Sie *wollte* durch seine Flure laufen und seine Geheimnisse enthüllen. Und genau wie ihr Vater es getan hätte, würde sie sämtliche Vorsicht zugunsten der Ehre, die Wunder, die die Stadt unter dem Meer zu bieten hatte, zu sehen, außer Acht lassen. Nach kurzem Zögern gab sie nach. »In Ordnung … wann brechen wir auf?«

Dunleavy nickte dankbar. »Sobald Sie verfügbar sind.«

Sie war jetzt bereit.

–10–

John rüstete Alyssa mit hautengem Neopren aus, einem hochmodernen Anzug, der sie selbst in ungewöhnlicher Tiefe warmhalten würde.

»Bist du schon mal getaucht?«, fragte er, als er den Reißverschluss an ihrem Rücken schloss.

»Ein paar Mal«, antwortete sie. »In Hawaii. Wunderschön.«

»Das glaub ich gern.«

»Ich bin unschlüssig, John. Letztes Mal hat es uns fast das Leben gekostet.« Sie meinte Eden.

»Uns wird nichts passieren«, sagte er ihr.

»Glaubst du, was wir in Eden gefunden haben, wird auch in Atlantis sein?«

»Ich schätze, das werden wir bald rausfinden, nicht wahr?«

Sie zogen sich still an. Beide erinnerten sich an die Ereignisse in den Pyramiden Edens und fragten sich, ob sich die gleichen Ereignisse hier abspielen würden. Falls ja, erhöhte es das Gefahrenlevel für alle Beteiligten um ein Tausendfaches.

Nachdem sie ihre Ausrüstung überprüft hatten – ihre Sauerstofftanks und ihre Tauchermaske, die das gesamte Gesicht bedeckte –, wurden sie in golfmobilähnlichen Fahrzeugen zur Überdruckkammer gebracht.

Am Eingang zur Kammer standen mehrere als Froschmänner gekleidete Teammitglieder, acht insgesamt, alles Elitesoldaten, deren einzige Waffenquelle die KA-BAR-Kampfmesser an ihren Hüften waren.

Zwei trugen Harpunenwerfer, die als Verteidigungswaffen nicht allzu einschüchternd aussahen. Einmal mehr dachte Alyssa: *Hier sind wir also. David gegen Goliath, nur ohne Schleuder.*

Zwei der Sporttaucher waren Percival und Dunleavy, die beide gewillt waren, sich die Hände schmutzig zu machen, um den wichtigen Pentagonmitarbeitern in den Hintern zu kriechen.

Dunleavy sprach John und Alyssa an. »Als Commander werde ich das Team leiten. Percival ist mein Stellvertreter. Der Rest dient als militärische Unterstützung. Seien Sie versichert, wenn es da drin ein Problem gibt, werden diese Jungs die Situation meistern.«

Sie wollte auf die Messer zeigen und *»Mit den Dingern?«* sagen, unterließ es aber, weil ihre Energie anfing, sich ins Unermessliche zu steigern. Sie wollte ein Teil dieser Sache sein und wie eine Märchenprinzessin in dieser magischen Entdeckung schwelgen, jeden Moment auskosten und genießen, wie es ihr Vater getan hätte. Dunleavy hatte also recht gehabt. Es lag in ihrem Blut.

In der Oberdruckkammer fanden sie zehn elektromotorische Mini-Tauchscooter auf dem Boden liegen. Sie waren etwa so groß wie ein Computerdrucker, klein, aber voll Power, und zogen einen mit einer Durchschnittsgeschwindigkeit von acht Knoten pro Stunde durchs Wasser. Und mit einem Sauerstoffvorrat, der mehr als eine Stunde reichte, bliebe dem Team genug Zeit.

An Alyssas Scooter war eine Kamera angebracht, ihr Spielzeug, mit dem sie Bilder von archaischen Texten und antiken Schriftzeichen machen konnte, die möglicherweise die Wände säumten, um sie später genauer zu studieren.

Die Männer dienten, wie Dunleavy betonte, als ihr privates Security-Team. Sie mit Beweisen in Händen zur Einsatzzentrale zurückzubringen, hatte absolute Priorität, sogar auf die Gefahr hin, ihr eigenes Leben dafür zu geben. Alyssa war sich nicht sicher, wie es ihr damit ging, dass andere das ultimative Opfer für sie erbrachten, sollte der Anlass es erfordern. Doch sie musste zugeben, dass sie sich etwas sicherer fühlte.

Sobald alle ausgerüstet und alle Systeme einsatzbereit waren, sprach Dunleavy ins Mikrofon in seiner Maske und bat die Einsatzzentrale, zu bestätigen, dass sie ihn hören konnten. Das taten sie. Die Stimme war laut und deutlich. Nachdem alle Maßnahmen ergriffen waren, hob Dunleavy den Daumen.

Sie waren aufbruchbereit.

Langsam begann sich die Kammer mit Wasser zu füllen. Es stieg bis zu ihren Knien, ihren Oberschenkeln, Hüften, Bäuchen. Sobald die Kammer komplett gefüllt war und die Druckanzeige einen beständig sicheren Wert anzeigte, öffnete sich die Rückseite der Kammer wie eine Tresortür und gewährte ihnen Zugang zur Plattform und der Öffnung in der Pyramide.

Was zuvor ein sechzig Zentimeter großes Loch gewesen war, das als Eingang für das Zyklopenauge und Alison herausgebohrt worden war, war vergrößert worden. Jetzt war es groß genug, dass ein stattlicher Mann ungehindert hindurchpasste. Sobald sie ihre Scooter gestartet hätten, in deren Speicher die navigatorischen Anweisungen bereits einprogrammiert waren, würden sie direkt auf dem schnellsten Weg zur Hauptkammer gefahren werden. Es gäbe keine Irreführung durch unbekannte Tunnel oder Korridore. Niemand würde sich verirren. Dafür hatte Alison gesorgt, indem sie die Route aufgezeichnet hatte.

Dunleavy ging mit Percival neben sich voraus. Die Sporttaucher folgten ihnen, mit John und Alyssa in der Mitte der Gruppe.

Die Scooter navigierten mit einem Eigenleben. Ihre Schnelligkeit und Bewegungen waren geschmeidig und effizient und ihr Ziel kam näher. Sie nahmen die passenden Tunnel – diejenigen mit hohen Wänden und Decken – und die Scooter zogen das Team mit Leichtigkeit vorwärts.

Auf Dunleavys Scooter war ein GPS-Monitor. Der Bildschirm erschien im Format eines Pac-Man-Hintergrunds, ein Labyrinth aus geraden Linien und Neunziggradwinkeln, die schlussendlich auf einen zentralen Bereich zuführten. Abzweigungen wurden wie von den Speichermodulen der Scooter vorgeschrieben genommen. Die zentrale Kammer war weniger als hundert Meter entfernt.

Dunleavy sprach in sein Lippenmikro. *»Aufpassen und Blick voraus. Wir erreichen die Primärposition. Geschätzte Ankunftszeit in dreißig Sekunden.«*

»Verstanden«, sagte Percival.

Weiter vorne konnten sie Alison auf der Seite liegen sehen. Auf ihr war ein Cephalopode, wie vorhergesagt.

»Dunleavy an Einsatzzentrale.«

»Sprechen Sie«, antwortete Scott.

»Hab Ihren Cephalopoden gefunden. Ein Oktopus. Wie es scheint, hat er so was wie ein Techtelmechtel mit Alison.« Der Oktopus saß auf Alison. Seine Tentakel untersuchten jede Wölbung und jeden Winkel der Maschine. Bei der Ankunft des Teams verzog er sich.

»Sehen Sie das, Ms. Moore? Es war doch keiner ihrer Wächter. Nur ein Oktopus.«

Sie antwortete nicht, aber sie musste zugeben, dass sie sich besser fühlte. Das Gewicht der Gefahr hob sich ein wenig von ihrer Schulter, wenngleich nur unbedeutend.

»Die Lichtblitze, die wir gesehen haben, kamen wahrscheinlich davon, dass Alisons Schaltkreise aufleuchteten. Eine Fehlfunktion«, setzte er nach.

Als die Scooter näher zur Hauptkammer der Pyramide fuhren, wurden ihre Bewegungen plötzlich schwerfällig, wie bei Autos, die kurz vor dem Absaufen des Motors noch auf dem letzten Tropfen Benzin fuhren. Der Monitor an Dunleavys Fahrzeug verlor sein Bild. Die Linien nahmen verzerrte Winkel an und rollten dann über die Vertikale, wie bei einem alten Fernseher, bis das Bild nur noch aus Streifen bestand.

Dann wurde der Bereich für ihre Sinne greifbarer. Alle konnten eine Vibration im Wasser spüren, das als Leiter fungierte. Sie konnten ein schwaches Trommeln an ihren Neoprenanzügen und auf ihrer Haut fühlen, wohltuend wie eine Massage. Als sie sich der Kammer näherten, wurden die Vibrationen stärker und eindringlicher. Die elektrischen Impulse waren mehr als nur winzige Energieübertragungen.

Dann entwickelten die Scooter ein Eigenleben und begannen, den Kurs zu verlassen. Manche krachten in die Wand. Andere drehten sich auf die Unterseite wie tote Fische, gaben den Geist auf und trieben dann gemächlich zu Boden, tot und nutzlos. Dunleavys Scooter war der letzte, der ausfiel. Er begann, heftig zu zittern und zu ruckeln. Dann blitzte eine unbeschreibliche Helligkeit, die wie das Mündungsfeuer einer Schusswaffe flackerte, über den Bildschirm, bevor der Monitor vollkommen schwarz wurde. Das Eigengewicht des Scooters zog ihn zu Boden, wo er zwischen den anderen kaputten Scootern liegen blieb.

Dann wurden die Impulse schwächer, ebbten ab, verschwanden aber nicht ganz.

»*Ich hab kein gutes Gefühl bei der Sache*«, bemerkte Percival.

»*Funkdisziplin einhalten*«, sagte Dunleavy mit zusätzlicher Schärfe.

»*Ja, Sir.*«

»*Die Primärposition ist ein paar Meter entfernt*«, erklärte Dunleavy. »*Bereitmachen.*«

»Bereitmachen« war ein Militärausdruck, sich zu bewaffnen und kampfbereit zu machen. Daher zogen alle Soldaten ihre Messer, während die beiden mit den Harpunenwerfern diese nach vorn richteten.

Die elektrischen Impulse blieben schwach, hatten aber einen gleichmäßigen Rhythmus, wie ein Herzschlag.

Nachdem sie die letzten Meter schwimmend zurückgelegt hatten, erreichten sie einen Eingang von etwa fünfundzwanzig Metern Höhe und sechs Metern Breite am Boden. Entlang seiner gewölbten Ränder verliefen die unglaublichsten Ziermuster und Motive, die Alyssa je gesehen hatte. Es waren Flachreliefs, wie sie in Kulturen auf dem ganzen Globus zu finden waren, von Maya-Tempeln bis in die Dschungel Malaysias, und auch von Ägypten bis hin zu den Krypten Edens. Sie zeigten die Sterne und Galaxien in nahezu perfekter Formation, was ein Wunder war, da sie zu weit entfernt waren, um sie mit dem bloßen Auge sehen zu können. Und doch waren sie hier, diese Sterne in präziser Symmetrie zueinander.

Andere Steinbilder zeigten Menschen mit lang gezogenen Schädeln, die Streitwagen durch den Himmel lenkten: Die aufgezeichneten Anfänge davon, wie man sich vor fast zwanzigtausend Jahren Götter vorgestellt hatte. Doch es war die Kammer jenseits des Torbogens, die sie alle vor Staunen starr stehen ließ.

Der Raum war riesig, ohne Säulen oder Stützen, die die Decke oder das Gewicht darüber gehalten hätten, das mehrere zehn Millionen Tonnen aus Fels und Stein betragen musste. Glatte, hochaufragende Wände aus einer Art unkenntlichem Gemisch leuchteten, da sie ihre eigene Energie erzeugten. Es gab keine Leuchtdrähte oder andere Mittel zur Erzeugung einer Fluoreszenz: Das war schlicht die purste Form von energieerzeugtem Licht.

Als sie zum Eingang schwammen, erreichten sie das größte Wunder von allen. Die Tür war gar keine Tür, sondern eine Barriere, die nicht gesehen oder berührt werden konnte. Dunleavy, der traumwandlerisch vor dieser Grenze trieb, versuchte, genug Mut zu sammeln, um seine Hand nach dem schimmernden Schleier auszustrecken, der wie ein Wasserfall aussah, der den Raum wie ein Vorhang vom Korridor trennte.

»*Vorsicht*«, sagte Percival, als er sah, wie Dunleavy sein Messer ausstreckte.

Die Spitze des KA-BARs durchbrach die Kaskadenwand und gelangte in den trockenen Bereich, ohne Schaden zu nehmen. Es gab keine blauen Blitzeinschläge, keine grellen Lichtblitze, und nichts zerfraß oder verschlang die Messerklinge. Daher schob er seine Hand vor, dann sein Handgelenk, seinen Arm, und schließlich schob er seinen gesamten Körper hindurch. Er fiel zu Boden, weil der trockene Bereich, anders als das Wasser, von Sauerstoff und Gravitation reguliert wurde. Dunleavy stand umständlich auf, weil seine Bewegungen mit den Flossen unbeholfen waren, dann drehte er sich zur Tür um, wo sein Team auf der anderen Seite trieb und Wasser trat.

Er sah zum Boden, zu seinen Flossen, die auf trockenem Land standen. Der Boden bestand aus einem Gemisch, das wie Plastik aussah und eine matte, aber unbeschreibliche Farbe hatte. Wasser tropfte an ihm herunter und sammelte sich um seine Füße. Dann sah er wieder zur Wasserwand, die von einem Energiefeld zurückgehalten wurde, das stärker als Masse und Gewicht des Meeres sein musste.

»Können Sie mich hören?«, fragte Percival. Seine Stimme wurde klarer übertragen als zuvor unter Wasser.

»Ja«, sagte Dunleavy. »Alles klar.« Dann griff er nach seiner Maske, hob sie an und untersuchte seine Umgebung, indem er flach atmete. Als er bemerkte, dass sich sein Sichtfeld verengte und er nicht zu ersticken drohte, begriff er, dass die Sauerstoff- und Stickstoffsättigung perfekt ausbalanciert waren.

»Ist alles in Ordnung?«

»Scheint so.«

»Hinter Ihnen.«

Dunleavy drehte sich um. Jetzt begriff er, wofür all die Kreuzchen in Alisons Kartengrafik standen.

Es war nicht das, was er geglaubt hatte.

–11–

Paul Scott beobachtete aus der Kommandozentrale, wie Dunleavys Team mit Leichtigkeit durch die Tunnel auf ihre primären Koordinaten zu manövrierten. Bisher trugen die Wände keine Zeichen und waren von allen Seiten glatt wie eine Glasscheibe. *Wenn das Atlantis ist,* dachte er, *werden seine Geheimnisse ohne prähistorische Symbole oder antike Motive schwer zu lösen sein.*

Doch gleichzeitig war ihm klar, dass Struktur und Landschaft dieser Stadt riesig waren. Bei einem solchen gesellschaftlichen Fortschritt musste es sicherlich eine Bibliothek oder eine Halle der Aufzeichnungen geben, ob jene Aufzeichnungen aus Flachreliefs oder aus chaotisch wirkenden Symbolen, die in Steintafeln geritzt worden waren, bestanden. So oder so, das Pentagon wollte alle haben.

Während er mit seinem Team dastand und den großen Bildschirm im Raum beobachtete, kam eine Videoliveübertragung direkt von Dunleavys Scooter, dessen Kameralinse jede Spur der Teambewegungen durch die Flure aufnahm.

Wände.

Nichts als verdammte Wände.

Dann änderten sich die Bilder auf seinem PC und begannen zu hüpfen. Die Bildsignale wurden unbeständig und über den Monitor zogen sich unkontrolliert rollende Linien. Dann erschien ein heller Lichtblitz, als der Stromkreis gegrillt wurde.

Dann nichts.

Keine Bilder. Ein leerer Bildschirm.

Scott drehte sich zu dem Mann um, der die Steuerkonsolen kontrollierte, ein Computerguru aus Indien namens Aadesh. »Was ist mit der Übertragung passiert?«, fragte er ihn. »Können Sie sie zurückholen?«

»Negativ«, antwortete Aadesh, während er auf seine Tastatur eintippte. »Wir haben die Übertragung verloren. Genau wie bei Alison. Die Stromkreise sind durchgebrannt.«

Binnen drei Sekunden erhielt die Kommandozentrale eine Liveaudioübertragung, die weit entfernt und hohl aus den Lautsprechern des PCs klang. Es war Percival. *Ich hab kein gutes Gefühl bei der Sache.*

Dunleavy: *Funkdisziplin einhalten.*

Percival: *Ja, Sir.*

Dunleavy: *Die Primärposition ist ein paar Meter entfernt. Bereitmachen.*

Als gleich darauf Stille folgte, überprüfte Scott einen zweiten Monitor, der alle Vitalzeichen des gesamten Teams anzeigte. Abgesehen von leicht erhöhten Herzfrequenzen und Blutdruck, schienen die Werte gut zu sein.

Dann hörten sie Percival. *Vorsicht.*

Fünfzehn Sekunden später setzte er nach: *Können Sie mich hören?*

Dunleavy: *Ja. Nichts passiert.*

Percival: *Ist alles in Ordnung?*

Dunleavy: *Scheint so.*

Percival: *Hinter Ihnen.*

Dann wurde es still.

Scott überprüfte den Vitalzeichen-Monitor. Allen schien es gut zu gehen.

Doch mit der Zeit, sobald sich Minuten in Stunden verwandeln würden, begännen diese Werte, zu verschwinden …

… einer …

… nach dem anderen …

… nach dem anderen …

Atlantis war schlussendlich erwacht.

–12–

Die gesamte Kammer war ein Schrein voller Kristallschädel der Legenden. Mehr als fünfzigtausend davon ruhten auf Podesten. Manche waren menschenähnlich, während andere lang gezogen und, antiken Kulturen nach, mutmaßlich die Anunnaki-Götter waren. Dass Kristallschädel als mythisch angesehen wurden, war dem geheimnisvollen Nimbus geschuldet, der sie bis heute umgab. Eines der spannendsten Rätsel ist, dass diese Schädel auf der ganzen Welt bei diversen Kulturen von Ägypten bis Südamerika gefunden wurden, und für zwischen fünf- und dreißigtausend Jahre alt gehalten werden. Dass diese Schädel von makelloser Konstruktion waren, vergrößerte das Rätsel weiter. Bis heute verblüfften das komplizierte System aus Linsen, Prismen und Rinnen, die allesamt ungewöhnliche optische Effekte erzeugten, die Wissenschaftler.

In dieser großen Halle schienen viele der Schädel changierend zu schimmern, während andere Auren in Schattierungen von Silber oder Weiß auszustrahlen schienen.

Während Dunleavys Team begann, die Wand aus Wasserkaskaden zu durchbrechen, um die Kammer zu betreten, ging er langsam zur ersten Schädelreihe und ließ seine Hand wenige Zentimeter über einer prachtvollen Skulptur schweben, die keine Kratzer oder Fehler, keine Mängel hatte. Er konnte seine rohe, ungezähmte Energie als Statik spüren, die die Kammer mit elektrischer Luft füllte, welche den Bereich mit dem Geruch von Ozon durchdrang.

Dann beugte er sich vor und hörte das Summen dieser Energie durch die Prismen und Linsen fließen. Sie füllte die Luft mit unermesslicher Energie, die sich das Pentagon liebend gern zunutze machen würde. Hier lagen eine unvorstellbare Macht und unangezapfte Stärke. Und Dunleavy war klar, dass wer immer diese Art von Macht besaß, auch das Zepter der Herrschaft schwingen würde.

Er ließ den Blick über die gesamte Kammer und die endlosen Schädel schweifen, die sich bis zur hinteren Wand zu erstrecken schienen, was unfassbar weit weg wirkte. Die Schädel vibrierten und summten eine liebliche Symphonie. Ihr Klang bildete eine herrliche Melodie, die bis ans Ende der Zeit erklingen würde.

»Überwältigend«, flüsterte jemand hinter ihm. Es war Alyssa. Ihre fabelhaften Kurven wurden von ihrem eng anliegenden Neoprenanzug unterstrichen.

Dunleavy zeigte auf die Kamera. »Alles klar?«

Sie schüttelte den Kopf. *Nein.* Dann öffnete sie die Hinterseite, sodass die Batterie zum Vorschein kam. Sie war mit dem Schaltkreis verschmolzen. Die Kamera war genauso nutzlos wie die Scooter.

Dunleavy seufzte geschlagen. Die Kamera war das Wichtigste all ihrer Werkzeuge. Sie mussten die Symbole, Markierungen und Schriftzeichen aufnehmen, um sie später übersetzen zu können. Nun waren sie blind, auch wenn Alyssa imposante Fähigkeiten in der Wissenschaft antiker Übersetzung besaß. Die Idee war gewesen, dass sie diese Bilder nahm und sie in eine verständliche Syntax decodierte, um aus diesen Erkenntnissen zu lernen. Doch ohne eine Möglichkeit, so viele Daten aufzuzeichnen, müsste sie allein mit ihren Fertigkeiten zurechtkommen und die bekannten mit den fremden Symbolen an

Ort und Stelle zusammenfügen, was zu Fehlübersetzungen und Flüchtigkeitsfehlern führen konnte.

»Wie gut sind Ihre Übersetzungsfähigkeiten, Ms. Moore?«, fragte Dunleavy sie.

»Besser als die meines Vaters«, sagte sie. »Und als er noch lebte, betrachteten ihn seine Kollegen als den besten auf der Welt.«

Dunleavy nickte. »Wollen wir hoffen, dass Sie recht behalten, Ms. Moore. Denn was immer diese Energie ist, sie wird uns keine Vorteile bringen.«

Das tut sie nie, dachte sie. *Schon in Eden nicht. Warum sollte dieses Atlantis also anders sein?*

Sobald sich das Team versammelt und die Schwimmflossen abgelegt hatte, um sich besser bewegen zu können, erinnerte Dunleavy an ihr Primärziel, welches das Lokalisieren der Kapseln war. Irgendwann würden diese Schädel von nachfolgenden Einheiten weggebracht und in Groom Lake, Nevada, untersucht werden, damit ihr Potenzial besser verstanden werden konnte. Nachdem das ausgesprochen war, bat Dunleavy allerdings einen der Männer, zur Einsatzzentrale zurückzukehren, da die Kommunikation unterbrochen zu sein schien, zumindest auf ihrer Seite. Er sollte Scott darüber informieren, dass die Mission über ihr erwartetes Zeitlimit hinaus dauern würde. Der Rest des Teams würde nach den Nachfolgern suchen, Informationen über ihren Standort und ihre Zahl sammeln, und eine Methode zu ihrer Zerstörung entwickeln, ohne den Wert der Struktur oder die Integrität der Pyramide zu beeinträchtigen.

Natürlich waren Savage und Alyssa Moore nicht mehr als nötig über dieses Prozedere informiert worden, und so ließ man sie darüber im Unklaren.

Jetzt hatten sie einen Mann weniger, was sie mit einer Truppe aus neun zurückließ: John, Alyssa und sieben Soldaten.

Nachdem er seine letzten Aussagen getroffen hatte, wandte sich Dunleavy an Alyssa. »Ms. Moore, wir haben hier drin keine richtige Orientierungshilfe«, sagte er. »Können Sie uns anhand der Ähnlichkeiten, die Eden und diese Pyramide miteinander teilen mögen, voranführen?«

»Ich weiß nur«, setzte sie an, »dass die drei Pyramiden in Eden alle mit Wegen verbunden waren. Was die großen Pyramiden von Ägypten betrifft, könnte es eingestürzte Verbindungswege geben. Sie müssen zwar noch gefunden werden, aber es gab diese Wege. Es gibt Diagramme, die das beweisen. Hier? Ich würde sagen, es ist nicht anders. Es wird Tunnel geben, die zu Anbauten der anderen Pyramiden führen, eine Verbindung zwischen Orten der Anbetung und des Labors.«

»Dann bringen Sie uns weiter.«

Sie sah zur gegenüberliegenden Seite des Raums, wo die zweite Pyramide jenseits der Wand dieser Pyramide liegen musste.

Dann ging sie durch die Gänge zwischen den vibrierenden Schädeln mit der haarsträubenden Energie, die sie ausstrahlten, voraus und begab sich tiefer in Atlantis hinein.

–13–

Sie sind schon seit Jahrtausenden hier, mindestens seit achttausend Jahren vor dem Untergang des Neandertalers.

Sie sind menschlich.

Und doch nicht.

Zumindest nicht ganz.

Mit der Zeit hatte man sie in biblischen Passagen Nephilim genannt, in Genesis, Vers 6, und im vierten Buch Mose, Vers 13. Und seit vielen Jahren war die Identität der Nephilim ein heißdiskutierter Gesprächsmittelpunkt in christlichen Kreisen. Der gängigen nicht-biblischen Ansicht nach sind die Nephilim von außerirdischem Ursprung. Doch die Kreationisten lehnen diese Interpretation aufgrund eines gewissen biblischen Rückhalts ab und glauben, dass gefallene Engel sich mit Frauen paarten, woraus diese Riesen, die Nephilim, entstanden. Andere glauben, dass sie das Ergebnis gefallener Engel sind, die gottlose Männer überwältigten, um Frauen zu begatten. Alle Folklore und Mythen basieren auf noch nicht verstandenen Tatsachen. So sind diese Hominiden, abgesehen von einer biblischen Verbindung, ein einzelner Zweig am Baum der Menschheit. Eine Primatensaat, die beinahe einhundert Prozent des menschlichen Genoms teilt, sich aber durch genetische Bearbeitung weniger als ein Zehntel eines Prozents unterscheidet. Und da sie damals die Verkörperung von Magie waren, weil Wissenschaft und Vernunft erst noch erwachen mussten, hatte man sie mythologisiert, weil man sie nicht verstand.

In der dritten Pyramide leuchtete die saphirblaue Flüssigkeit in einem halben Dutzend Kapseln, während die Mikroben hell aufflackerten, um lebenserschaffende Energieimpulse auszusenden. Herzschläge, die kaum messbar gewesen waren, wurden mit der Zeit schneller. Blut begann, durch lange ungenutzte Adern zu fließen. Und Lungen begannen, den Sauerstoff in diesem Fruchtwasser vollständig zu absorbieren, ihn zu nutzen. Brustkörbe hoben und senkten sich, als der Sauerstoff begann, Nervensysteme zu stimulieren, und das wiederum erweckte sie urplötzlich nach einer langen Periode in Dunkelheit.

Ihre Augen öffneten sich, blau und mit scharfem Sehvermögen. Und sie erkundeten ihre Umgebung, während sie eine Handfläche an die Glaskammer legten. Sie absorbierten alles und erinnerten sich an eine Zeit vor der Flut.

Und dann übernahm ihre Programmierung die Kontrolle.

Sie waren die Verteidiger jener in den Tempeln, jener, die die neuen Könige einer neuen Zeit sein würden. Sie waren die Hüter, die Wächter, und sie wussten, dass sie nur aus einem Grund wiedererweckt worden waren: Um die neue Rasse um jeden Preis zu verteidigen, sogar wenn dieser Preis Selbstopferung hieße. Irgendwo in diesen Tempelwänden näherte sich ein Virus, eine Gefahr für das System, vielleicht eine tödliche.

Sie begannen, sich in ihren Gefäßen zu winden, streckten und beugten ihre gewaltigen Muskeln. Das blaue Wasser leuchtete hell auf, wie eine nukleare Eruption, wurde heller, und dann hoben sich die Deckel der Kapseln zischend. Die Schlösser waren entriegelt.

Sie stiegen aus ihren Kammern. Sie alle trugen die Genomstruktur des heutigen Menschen in sich. Sie waren keine Söhne von Göttern, sondern Söhne der Wissenschaft, alle mit dem Gen gezüchtet, das die Tendenz zur Gewaltanwendung enthielt, welches aus der zukünftigen Rasse gelöscht worden war.

Sie waren von athletischem Körperbau und bewegten sich mit der Gewandtheit von Affen aus ihren Behältern zu Boden. Ihre Kehlen waren wund, ihr stimmhaftes Flüstern nach einer so langen Ruhepause schmerzhaft. Doch der Schmerz war schon vor Langem gewissermaßen zu einem hinnehmbaren Zustand geworden.

An der Wand standen Regale mit Rüstungen, so widerstandsfähig und langlebig wie Titanstahl, aber viel leichter, dünner und einfacher zu tragen. Ihre Waffen waren damals Standard gewesen: Drei Meter lange Hellebarden und Streitäxte, Waffen, die mit der Zeit antiquiert geworden waren, doch tödlich waren sie dennoch.

Und so rüsteten sie sich aus und bereiteten sich auf eine Schlacht vor, während eine Infektion Fuß fasste. Sie wussten nicht genau, wo oder wie die Infektion eingedrungen war oder wohin sie sich ausbreitete, aber sie wussten, dass sie sie ausfindig machen, sich ihr nähern und sie töten mussten, denn das machte ihre Genetik aus. Und sie würden gegen ihre eigene Art kämpfen – jene, die über die gleiche genetische Disposition verfügten, wie sie selbst: den natürlichen Willen, zu töten.

Im Kampf zwischen den Kindern der Wissenschaft konnte es nur einen Sieger geben.

Und der Sieger bekäme die Kriegsbeute.

Der erste Schritt der Schlacht wurde gemacht, als die Hominiden ihre Wiegen verließen und die Dunkelheit betraten.

– 14 –

Der Marsch durch die Kammer der Kristallschädel dauerte länger als erwartet. Nachdem sie einen Mann weniger hatten, war jeder Einzelne wichtig, besonders wenn er Kampfgeschick besaß. Die Situation beruhigte Johns und Alyssas Sorgen nicht. Sie waren schon in dieser Position gewesen, hatten Bereiche erkundet, die einen Wissensschatz und zugleich eine Unmenge an Gefahr bereitgehalten hatten. Das eine schien *immer* mit dem anderen zu kommen. Niemals ohne.

Wie in Eden und den großen Pyramiden von Ägypten waren immer drei Pyramiden wie das Sternsystem im Orion ausgerichtet: Alnitak, Alnilam und Mintaka. Die Kammer der Kristallschädel, wenngleich von weit größeren Dimensionen als die Pyramiden von Gizeh, war die größte der Gruppe, und, falls sich die Geschichte des antiken Designs ähnlich zu Eden und Ägypten wiederholte, war diese Pyramide zur heiligen Anbetung gebaut worden. Alyssas Ansicht nach, stellten die Schädel eine Hommage an jene, die während ihrer Zeit politische oder andere hohe Ämter innehatten, dar. Hier befand sich auch das Zentrum, das als Zentrum der elektromagnetischen Energie diente, die die klügsten Köpfe der heutigen Zeit noch nicht verstanden. Die Kristallschädel waren ihre Leiter.

Als sie die Wand auf der anderen Seite der Kammer erreichten, trafen sie auf eine weitere Tür, sechs Meter hoch. Es gab keinen Knauf, keinen Hebel. Als sie auf der Schwelle standen, öffneten sich die Türflügel gleichzeitig, zogen sich zurück und gaben den Blick auf eine angefügte Kammer frei, wie ein Willkommen.

Riesige Strukturen aus Obsidianglas, pechschwarz, waren als Abbilder von Tieren errichtet worden. Zum Beispiel ein Bulle, ein Symbol der Fruchtbarkeit. Das plastische Detail war unbeschreiblich und über jeden Superlativ erhaben. Es war, als wäre der Bulle in diesem Zustand versteinert worden. Jede Sehne und jeder Muskel, auch die Aufwärtsneigung seines Kopfes und das erhobene Vorderbein waren im genauen Moment des Übergangs von Fleisch zu Mineral eingefangen worden.

Es war exakt die gleiche Darstellung, die John und Alyssa in Eden gesehen hatten, die exakt gleiche Statur in der exakt gleichen Haltung. Und hier begriff sie, dass die Vergleiche zwischen Eden und Atlantis Realität waren. Wer immer Eden gebaut hatte, hatte auch Atlantis entwickelt, und höchstwahrscheinlich auch die Gefahren, die dazugehörten.

»Wir sind hier nicht sicher«, stieß sie aus.

Percival drehte sich zu ihr um. »Wieso nicht?«

Sie trat einen Schritt nach vorne, den Blick auf den Bullen fixiert. »Diese Darstellung«, sagte sie. »Diese Statue, dieses Symbol der Fruchtbarkeit ist das gleiche – und ich meine exakt das gleiche – wie in Eden. Sie stehen miteinander in Verbindung. Diese beiden Zivilisationen übersteigen unsere Zeit und unser Verständnis.«

»Worauf wollen Sie hinaus?«

»Ich will darauf hinaus, Mr. Percival, dass es von hier an äußerst gefährlich werden kann. Vielleicht zu gefährlich. Und diese Messer und Harpunen werden absolut wertlos sein, glauben Sie mir. Wir betraten Eden mit einem Militärteam, das bis an die Zähne mit Sturmgewehren bewaffnet war, und am Ende verlor jeder dieser Männer sein Leben. Denken Sie, Sie schneiden mit ein paar Messern und zwei Harpunenwerfern besser ab?«

»Sie sind wegen einer Statue beunruhigt?«, sagte Dunleavy.

»Begreifen Sie das nicht? Diese Darstellungen hatten eine religiöse Bedeutung. Sie waren unglaublich wichtig. Was in Eden so war, ist auch in Atlantis so.«

»Das betrifft natürlich auch die Fallen?«

»Mehr oder weniger, ja.«

»Und da sind Sie sich sicher?«

»Ich würde drauf wetten.«

Dunleavy zeigte auf die Kammer der Kristallschädel und appellierte an ihren Sinn für wissenschaftliche Neugier. »Ich kann mich nicht daran erinnern, dass Ihre Berichte und Veröffentlichungen irgendeinen Kristallschädel erwähnt hätten. Haben Sie Kristallschädel in Eden gefunden?«

Sie zuckte halbherzig mit einer Schulter. »Nein.«

»Dann ist es nicht *genau* wie in Eden, nicht wahr?« Dann zeigte er auf den Weg vor ihnen. »Können Sie sich die wissenschaftlichen Artefakte vorstellen, die vor uns liegen, Ms. Moore? Dinge, die Sie noch nie gesehen haben. Dinge, die Sie nach Herzenslust untersuchen könnten.«

Sie wusste ganz genau, was er da tat. Er köderte sie, und sein Trick funktionierte. Wieder einmal. Das Gefühl, nicht zu wissen, was jenseits des Areals vor ihnen lag, war so überwältigend, dass sie es nicht aushielt. *Sie sind ein Scheißkerl,* dachte sie.

»Wir gehen weiter«, sagte er zu ihr. »Antike Artefakte sind für das Pentagon nicht von Interesse. Sofern sie nicht das Potenzial einer militärischen Anwendung bieten, sind sie für uns nutzlos. Diese Artefakte, die für uns unwichtig sind, wären also für Sie nützlicher. Sie könnten Sie in Ihrer Einrichtung, dem AIAA, studieren. Sehen Sie das nicht auch so?«

Sie wägte die Optionen ab. Wenn Atlantis auch nur entfernt wie Eden war, dann könnten die Gefahren außerordentlich sein. Auf der anderen Seite handelte es sich hier um Atlantis, dem Land der mythologischen Technologie und Wissenschaft.

»Alles wird gut gehen«, sagte Dunleavy zu ihr. »Diese Männer sind die Besten der Besten. Jeder von ihnen verfügt über gewisse Fähigkeiten. Kaum einer ist ihnen gewachsen. Wenn es überhaupt jemanden gibt. Lassen Sie sich also nicht davon täuschen, dass die Waffen, die sie tragen, keine Schusswaffen sind.«

Das sagen sie alle, überlegte sie. Dann sah sie zu John, der früher Soldat im Spezialeinsatz gewesen war. Auch er war geschickt im Umgang mit zweischneidigen Waffen, konnte ein Messer schwingen wie kein anderer. Und trotzdem waren Menschen gestorben. Gewisse Fähigkeiten boten keine Überlebensgarantie. Nicht in Eden. Und gewiss nicht hier.

»Ein Abenteuer erwartet uns«, beharrte Dunleavy.

Alyssa überlegte. Doch das war von kurzer Dauer, weil ihre Neugier so groß war, dass sie sie nicht kontrollieren konnte.

Und so führte Alyssa sie an der Spitze der Gruppe in die Hallen von Atlantis.

–15–

Der Taucher hatte ohne Schwierigkeiten den Weg aus der Pyramide und in die Überdruckkammer gefunden. Nachdem er zur Kommandozentrale zurückgekehrt war, überbrachte er Paul Scott seine Nachricht.

Die sauerstoffreiche Atmosphäre wurde diskutiert, ebenso wie die Energie der Kristallschädel. Zusätzliche Informationen wurden gegeben und mit dem Wissen über die Kommunikation erfasst, allein für die Augen der Pentagonmitarbeiter. Die zentralen Mitarbeiter des Weißen Hauses erhielten nur bei Bedarf Kenntnis. Reine Neugier der politischen Mitarbeiter würde nicht unter diese Geheimhaltungsstufe fallen. Und das schloss den Präsidenten der Vereinigten Staaten *ein*.

Zeitrahmen wurden diskutiert. Der Sporttaucher berichtete, dass das Suchteam mehrere Stunden benötigen könnte, um die Lebenskapseln zu orten, da sie sich nicht in der Kammer befanden, von der sie es ursprünglich angenommen hatten. Nun war das Team gezwungen, an andere Orte auszuschwärmen. Zum Beispiel in die zweite und dritte Pyramide, falls sie über Verbindungswege verfügten, wie Alyssa Moore vermutete.

Scott fragte nach der Funkstille, weil er sich wunderte, dass die Einsatzzentrale Nachrichten vom Team erhalten konnte, das Team aber keine Nachrichten von der Zentrale. Der Sporttaucher hatte keine Antwort, keine Theorie, und so blieb das Rätsel der einseitigen Übertragung bestehen.

Also dachte Scott nach.

Sein Team bestand aus guten Männern, fähigen Männern, die alle ehrenhafte Kämpfer auf dem Schlachtfeld waren. *Dazu werden Navy SEALS ausgebildet,* dachte er. *Um mit beispiellosem Geschick zu kämpfen und zu töten.* Daher war er zuversichtlich, dass sie die Kapseln finden würden.

Und wenn sie das täten, würde er den Genozid in die Wege leiten, der die Menschheit retten würde.

Wie leicht es doch war, jegliche Handlung zu rechtfertigen …

… ganz gleich, wie niederträchtig diese Handlung auch sein mochte.

Paul Scott war mit sich zufrieden.

– 16 –

Sie hatten einen Korridor entdeckt, der mit einer Neigung von dreißig Grad nach unten führte. Die Wände blieben hoch, genau wie die Decke, waren aber beleuchtet. Am Ende des Gefälles befand sich ein langer Gang, der von einem Parkour aus Statuen bewacht wurde, die zwischen zwei und vier Metern groß waren, abhängig von ihren Posen. Manche beugten das Knie und streckten ein Schwert zur Mitte hin aus. Andere standen aufrecht mit einem Gladius in jeder Hand da. Und wieder andere hielten Hellebarden dergestalt fest, dass es wirkte, als seien sie kampfbereit. Wenngleich von wunderschöner Gestalt, zeugten sie auch von einer tödlichen Absicht.

Alyssa hielt das Team an, als John Savage neben sie trat.

»Was ist?«, fragte er sie.

»Sag mir, was du siehst.«

Er betrachtete die Statuen und nahm Notiz von jeder perfekten Linie, Kurve und Symmetrie. Sie waren dem menschlichen Körper so ähnlich wie nur möglich. Die Waffen in ihren Händen waren echt, die Klingen scharf wie Skalpelle. Die gebogenen Axtklingen waren ähnlich scharf, denn ihre Ränder schimmerten auf Hochglanz poliert, als wären sie auf einem Schleifstein geschärft worden. Sie alle standen auf runden Plattformen, die keine fünfzehn Zentimeter hoch waren. Was jedoch Johns Aufmerksamkeit erregte, waren die tiefen Furchen, die den Boden in einem merkwürdigen, netzartigen Muster überzogen. Sie schienen grundlos da zu sein, keinem Zweck zu dienen. Aber wenn es eines gab, das John und Alyssa gelernt hatten, dann, dass alles in Eden einen Grund hatte. Ganz gleich wie klein oder belanglos etwas erscheinen mochte, nichts war allein der Schau wegen da. In Atlantis, da waren sie sicher, würde es nicht anders sein.

»Stimmt etwas nicht, Ms. Moore?«, fragte Dunleavy.

Alle drängten sich dicht beisammen.

»Dieser Verbindungsgang führt in die zweite Pyramide«, sagte sie. »Zweifellos. Aber dorthin zu gelangen, wird voller Probleme sein.«

Dunleavys Blick folgte dem Korridor. Am Ende des Parcours aus Kriegerstatuen befand sich ein weiterer Durchgang: der Eingang zur zweiten Pyramide. »Sehen Sie etwas Besonderes?«, fragte er. »Etwas, das wir wissen sollten?«

John Savage nickte. »Betrachten Sie den Boden zwischen uns und der zweiten Öffnung. Sagen Sie mir, was Sie sehen.«

Dunleavy trat einige Schritte vor, Percival neben sich, und untersuchte den Boden, der sich zwischen ihnen, den Statuen und dahinter erstreckte.

»Da sind Risse«, sagte er. »Vielleicht eine Materialermüdung?«

»Nein«, sagte Savage. »Das sind Schienen, die etwas führen.«

»Das verstehe ich nicht«, sagte Dunleavy.

»Waren Sie schon mal auf einer Achterbahn?«

Dunleavy nickte. *Natürlich.*

»Die Züge sitzen auf einer Schiene – eigentlich in einer Rille –, unter der ein Kettenzug das Fahrzeug zum First Drop nach oben zieht. Es ist ein Leitsystem.«

Percival machte einen weiteren kühnen Schritt nach vorne, bevor er über einer Gruppe vernetzter Rinnen von der Breite eines Zungenspatels in die Hocke ging. Er steckte die Klinge seines Messers in die Fuge, so weit es ging. »Wie Dunleavy sagte, Risse eines ermüdeten Bodens.«

»Sie irren sich«, sagte Alyssa. »Ich kann Ihnen ohne jeden Zweifel sagen, dass diese Linien einem bestimmten Zweck dienen. Die Architekten und Ingenieure, die diese Pyramiden bauten, taten das in der Absicht, die wertvollen Schätze im Inneren zu schützen, welche es auch sein mögen. Diese Durchgänge waren dazu gedacht, allein die bedeutenden Persönlichkeiten zu leiten. Diejenigen, die wussten, wie man sämtliche gegen Eindringlinge gedachte Konstruktionen umgeht.«

Percival stand auf, dann richtete er sein Messer auf den zweiten Durchgang. »Der Eingang ist gleich da drüben«, sagte er. »Er ist weniger als hundert Meter weit weg und ich sehe nichts, das uns gefährlich werden könnte.«

»Glauben Sie nicht mal einen Moment lang, dass wir hermetisch in einer Schutzblase abgeriegelt wären, weil wir von Spezialeinsatzkräften umgeben sind«, sagte Alyssa zu ihm. »Alles hat einen Zweck. So war es in Eden … und so wird es *gewiss* auch in Atlantis sein.«

Percival beharrte eisern auf seiner Theorie. »Das ist ein Boden, der mit der Zeit ermüdete, Ms. Moore. Dieses Bauwerk ist fast zwanzigtausend Jahre alt.«

»Warum dann nicht die Wände? Die Decke? Und was ist mit der Kammer der Kristallschädel? Unberührt und seit beinahe zwanzig Jahrhunderten perfekt erhalten. Wollen Sie wirklich behaupten, dass diese Risse einfache Altersrisse sind? Schauen Sie sie sich an. Wenn Sie eines gemeinsam haben, dann, dass sie alle bis auf den letzten Nenner die gleiche Breite haben. Merkwürdig. Finden Sie nicht?«

Percival sah Dunleavy an, dann richtete er seine Aufmerksamkeit wieder auf Alyssa. »Was schlagen Sie also vor?«

»Extreme Vorsicht«, antwortete sie. »Eden operierte mit einem hinter den Wänden verborgenen System aus Flaschenzügen und Gewichten. Aber hier …« Sie unterbrach sich. »Hier wirkt alles sehr viel fortschrittlicher. Die Wände beleuchten den Weg. Die Frage lautet: Warum? Ist das die Karotte vor dem Eselskarren? Ich weiß es nicht. Lockt es uns aus einem Grund weiter? Ich weiß es nicht. Aber dieses Gebäude wird in gewisser Hinsicht mit einem Eigenleben agieren. Es wird uns in gewisse Bereiche locken, oder sogar zwingen, wo die Pyramide die Oberhand besitzt. Wenn sie uns töten will, wird sie das tun.«

»Jetzt werden Sie aber ein wenig dramatisch, nicht?«, fragte Percival.

»Ich mache Ihnen einen Vorschlag«, sagte John. »Warum übernehmen Sie nicht die Führung?« Er zeigte zum Durchgang am Ende des Gangs und auf den neun Meter hohen Torbogen, der von prä-sumerischen Zeichen umgeben war.

Percivals Wirbelsäule schien sich zu versteifen, als er kurz mit sich ringend dastand und über die Optionen nachgrübelte. Der Weg zwischen ihnen und dem Eingang zur zweiten Pyramide wirkte überhaupt nicht gefährlich. Aber nachdem er John Savage nach seinem Gespräch mit Alyssa Moore, das mit düsteren Warnungen gespickt gewesen war, provoziert hatte, hatte er Bedenken.

Percival befahl zwei Männern seines Teams, ihn auf dem Weg durch den Korridor zu flankieren.

Langsam und vorsichtig, mit Schritten, die auf dem Stein aufsetzten, als sei er so zerbrechlich wie dünnes Eis, bewegten sie sich voran. Der Soldat links von Percival hob seinen Harpunenwerfer, während der rechts von ihm in jeder Hand mit weiß vortretenden Knöcheln ein KA-BAR festhielt.

Sie bewegten sich bedächtig zwischen den Statuen vorwärts, die sie mit Gleichmut zu beäugen schienen, unbewegliche Relikte, leblos. Sie schoben sich mit einer geschmeidigen, katzenhaften Anmut weiter, mit militärisch subtilen Bewegungen, die sie in vielen Jahren des Trainings erlernt hatten.

Die Steine hielten stand. Sie waren fest und unbeweglich. Keine einzelne Platte neigte sich unter dem Gewicht der Eindringlinge, um die Bewegung von Gewichten und Flaschenzügen auszulösen.

Als sie mehr als die Hälfte des Weges zwischen den Statuen zurückgelegt hatte, flüsterte Percival in sein Lippenmikro: »Schicken Sie die zweite Gruppe los.«

Die zweite Einheit, die aus Dunleavy, Savage und Alyssa Moore bestand, zusammen mit einem einzelnen Soldaten, trat ihren Weg durch den Gang voller Statuen an.

Sie waren langsam, vorsichtig, ihre Schritte leicht auf den Steinen, die von Linien und Rissen geteilt wurden. Alle waren darauf bedacht, keine Bedrohung auszulösen. Die Statuen blickten mit entrückten und gleichgültigen Blicken auf sie herab. Der Stahl der Waffen, die sie trugen, funkelte mehr als ihre kalten Augen.

Als sie den Parkour zur Hälfte durchquert hatten, befahl Percival den letzten beiden Soldaten, sich auf den Weg zu machen. Sein Tonfall befahl zwei Dinge: Werdet nicht selbstgefällig und unternehmt nichts Unbedachtes.

Das taten sie nicht. Ihre Bewegungen waren langsam und präzise.

Sobald es Percivals Gruppe zum Ende des Parcours schaffte, bemerkte er, dass die seltsamen Linien und gewundenen Spalten im Steinboden bis zum Durchgang weitergingen. Das untermauerte seine Theorie, dass der Boden durch Alter und Abnutzung beeinträchtigt worden war und keine spezielle Vorrichtung, wie Alyssa erklärt hatte.

Als er sich umdrehte, um alle herzuwinken, verströmten die Wände ein unerwartetes Summen. Die Luft wurde plötzlich mit einer elektrischen Energie aufgeladen, die ihnen die Haare am Körper hätte zu Berge stehen lassen, wäre das unter ihren Neoprenanzügen möglich gewesen. Der Geruch von Ozon wurde überwältigend schwer und beklemmend wie ein in der Luft schwebendes Sargtuch, nur wesentlich greifbarer. Und dann dimmten sich die Wände. Das Licht war keine Hilfe mehr. Vollkommene Dunkelheit legte sich über sie.

»Die Masken!«, rief Dunleavy. »Benutzt eure Masken! Schaltet eure NSVs ein!«

Alyssa hatte keine Ahnung, wovon er sprach. John allerdings schon, weil er diese Technologie als Elitesoldat bereits gesehen hatte. Sobald sie ihre Masken aufgezogen hatten, drückte John auf einen Knopf über der linken Schläfe. Die Akkus in den Masken erwachten summend zum Leben und das Glas verwandelte sich in ein Nachtsichtgerät. Die Landschaft war jetzt grün, nicht mehr schwarz, und sie hatten volle Sicht.

»Bewegung!«, rief Percival.

Aus unzähligen nadelgroßen, in die Wände eingelassenen Öffnungen schossen bleistiftdünne Laserstrahlen heraus und bildeten ein kompliziertes Netz aus Zickzackmustern und Linien, die sich von einer Seite des Gangs bis zur anderen erstreckten.

Als Dunleavy versehentlich eine dieser Linien durchbrach, begann der Boden unter ihren Füßen zu beben. Unzählige Zahnräder setzten sich in Bewegung. Sie konnten hören, wie sich die Zähne der Steuerung unter dem Boden mit zusätzlichen Rädern verbanden, was größere Zahnräder dazu brachte, versteckte Gewichte und Flaschenzüge zu bewegen.

Mit einem Mal standen die Statuen nicht mehr still. Der Parkour erwachte zum Leben. Die Plattformen, auf denen sie standen, begannen zu rotieren. Die Statuen drehten sich, während ihre Schwerter herumwirbelten wie die Schneidemesser eines Mixers, immer schneller, bis sie miteinander verschwommen. Ihre Schwerter schnitten blitzschnell durch die Luft. Das unablässige Wirbeln erzeugte ein grauenhaftes Sausen.

Die Statuen mit den Hellebarden bewegten sich anders. Sie senkten die Äxte, bis deren Köpfe schräg waren. Dann setzten sie zu unglaublich flinken Hieben an, die immer schneller wurden. Jede Statue zerschnitt die Luft fünf bis sechs Mal pro Sekunde, wobei die auf und ab fegenden Klingen jedes Mal beinahe den Boden berührten.

Ihre zerstörerische Absicht wurde deutlich: Die Klingen kamen aus allen Winkeln auf sie zu, diagonal und horizontal, und ließen ihnen wenig Raum zum Manövrieren. Die knienden Statuen wurden zu verschwommenen, rotierenden Massen, deren Schwerter durch die Luft peitschten, stachen und schnitten, während die Streitäxte und Hellebarden die Luft mit der gleichen außergewöhnlichen Geschwindigkeit spalteten.

»Schnell!«, rief jemand.

Alyssa war nicht sicher, wer gerufen hatte, aber es genügte, um sie aufzurütteln.

Sie eilte vorwärts, John neben sich.

Plötzlich begannen sich die Plattformen entlang der Rillen und Muster im Boden zu bewegen: Sie dienten als Schienen, um von einem Bereich zum nächsten zu gelangen. Sie bewegten sich in perfekter Synchronisation miteinander. Sie waren derart ausgerichtet, dass sie sich in einem bestimmten Muster bewegten, um den zerstörerischen Schlägen anderer Statuen zu entgehen und gleichzeitig die Fluchtmöglichkeiten der ungebetenen Gäste zu minimieren. Während eine Statue auf ihr Ziel zusteuerte, bewegte sie sich gleichermaßen so, dass der Eindringling in den Weg einer anderen Statue gezwungen wurde.

Die Konstruktion war makellos.

Die Statuen bewegten sich durch die Furchen. Während sie den gewundenen Pfaden von allen Punkten aus folgten, nahmen sie immer mehr Geschwindigkeit auf.

Die Klingen schwangen und peitschten so schnell umher, dass sie kaum zu sehen waren. Die gekrümmten Klingen der Axtköpfe kamen ihren Zielen immer näher. Jeder von ihnen war bereit, alles in ihrem Weg mit der eisernen Unbeugsamkeit einer Maschine zu zerstören.

Die beiden Soldaten, die die Nachhut bildeten, saßen mittendrin fest. Die Statuen hinter ihnen, neben ihnen und vor ihnen näherten sich, ihre Klingen wirbelten und schnitten so dicht aneinander vorbei, dass die Männer spüren konnten, wie nah sie ihnen waren. Der Luftzug, den sie verursachten. Die sanfte Berührung der sich bewegenden Luft in dem Moment, bevor sie Fleisch und Knochen zerschnitten und aufschlitzten und in Stücke rissen. Die Klingen glitten mühelos durch die Materie und verteilten rotes Blut überall. Gliedmaßen waren in Stücke zerlegt worden, nicht größer als ein Zehncentstück, und diese triefenden, blutigen Stücke flogen im Kreis durch den ganzen Gang und bespritzten die Wände und Statuen. Die Männer waren so rasch zerschnitten worden, dass es für ihren Verstand unmöglich gewesen wäre, den Schmerz zu spüren. Vielleicht war das eine kleine Gnade.

John, Alyssa, Dunleavy und der Soldat, der bei ihnen war, konnten fühlen, wie sich die Statuen von allen Seiten näherten. Sie konnten den Windhauch der Axtschwünge spüren, konnten sich vorstellen, wie ihre diagonalen, tödlichen Schwünge auf sie zukamen.

Dunleavy wich nach rechts aus, der Soldat nach links, während John und Alyssa in der Mitte blieben. Sie alle rannten los. Der Soldat sprang vorwärts und rollte auf einem gebeugten Knie unter der rotierenden Klinge einer Statue hindurch. Er hatte die Zeit berechnet, doch als er sich abgerollt hatte und gerade wieder aufstehen wollte, tat er das im Weg eines Hellebardenträgers. Die Statue überragte ihn. Ihr Ausdruck war neutral, doch ihre Augen aus schwarzem Obsidian waren kalt. Die Hellebarde war auf den höchsten Punkt erhoben. Der Rand der Klinge schimmerte mit einem Hochglanz, der im Begriff war, tiefrot getrübt zu werden. Und dann sauste die Klinge herab, schnell, zu schnell, als dass der Abwärtsschwung überhaupt sichtbar gewesen wäre, und zerschnitt die Knochen des Soldaten mühelos. Der Haken trennte Stück um Stück ab, zerfleischte den SEAL, bis seine Form nur mehr eine gallertartige Masse war. Dann machte sich die Klinge auf die Suche nach ihrem nächsten Opfer.

Die Statuen bewegten sich weiter im Einklang, tanzten ein seltsames und wunderschönes, wenngleich makaberes Ballett zu einer Melodie, die nur sie hören konnten. So fabelhaft sie auch choreografiert waren, all die Drehungen und Wendungen wie Figuren auf einer Spieldose, sie blieben doch Mordinstrumente.

Dunleavy duckte sich tief, ebenso wie John und Alyssa, und die Gruppe fand sich mitten in einem schrecklichen Tanz gefangen wieder. Die Statuen näherten sich. Es gab keine Ausweichmöglichkeit. Der Abstand schwand. Das Flüstern der durch die Luft sausenden Waffen berührte menschliche Haut. Der Kreis wurde immer kleiner, zog sich immer enger.

Dann brach Dunleavy aus und versuchte, zu Percival zu rennen. Doch sein Weg wurde von einer Statue abgeschnitten, die zwei Kurzschwerter in jeder Hand hielt, die in so rasend schnellen Umdrehungen umherwirbelten, dass sie nur verschwommen wahrzunehmen waren. Die Statue und die Plattform, auf der sie stand, drehten sich in die Todeszone hinein, kamen ihm ganz nah. Dunleavy war klar, dass er nicht entkommen konnte. Er drehte sich zu Alyssa und John um, die zusammengekauert auf dem Boden saßen, und sah sie mit großen, starren Augen an, in denen die Erkenntnis geschrieben stand, dass er gleich sterben würde und vielleicht, dass ihn seine Sterblichkeit überraschte.

Er streckte eine gekrümmte Hand nach John und Alyssa aus, eine flehende Hand, die darum ·bat, aus diesem Wahnsinn herausgezogen zu werden. Doch die schnellen Klingen schnitten eine blutige Schneise, zerstückelten Dunleavy, der mit ausgestrecktem Arm nicht von der Stelle wich. Nichts als Rot, Purpurrot. Blut spritzte in alle Himmelsrichtungen. Der Arm blieb jedoch ausgestreckt, als schwebte er in Zeit und Raum, vielleicht auf die letzte Bastion der Hoffnung wartend, die niemals kam. Und dann fiel er zu Boden, die gekrümmte Hand zum Himmel gereckt.

John zog Alyssa an sich. Sie warteten. Beide spürten, wie die Klingen näher kamen, wie die Köpfe der Streitäxte in diagonalen Schwüngen herabfegten, suchten, mit all ihrer Schärfe bereit zum Schneiden und Abtrennen.

Dann explodierte die Statue des Kriegers mit der Hellebarde von der Hüfte aufwärts. Brocken von Obsidianglas und Stein zerfielen zu Staub. Die Statue war auf ein Beinpaar reduziert, das sich noch immer auf seiner Plattform drehte, allerdings ohne Waffe. Eine zweite Statue löste sich von der Taille aufwärts auf. Dann eine dritte.

John und Alyssa sahen Percival am anderen Ende des Gangs stehen. Er winkte ihnen zu, bedeutete ihnen, weiterzugehen. Seine SEALs hielten die Statuen mit außergewöhnlichen Schüssen aus ihren Harpunenwerfern auf: Die Speere, die sie benutzten, besaßen explosive Spitzen.

Doch es gab mehr Statuen als Speere.

Weitere körpergroße Figuren begannen, sich John und Alyssa in den Weg zu drehen, und schnitten ihre Fluchtwege ab. Die Klingen schwangen mit Fliehkraft, die gestreckten Spitzen kamen näher, berührten sie beinahe. Die Schneiden schienen sich nach etwas auszustrecken, was sie töten, was sie zerfleischen konnten.

Dann gab es eine weitere Explosion. Diesmal waren es zwei Statuen. Beide waren von der Hüfte aufwärts verschwunden und hatten ihre Waffen verloren. Sie drehten sich weiter zwecklos auf ihren Plattformen.

»*Bewegt euch!*«, rief Percival.

Wieder eine Explosion.

Zu viele Statuen.

Die alle zusammenliefen und näher kamen.

»*Beweeeeeeeegt euuuuuuuuuch!*«

John half Alyssa rasch auf und führte sie zwischen die kopflosen Statuen, obgleich sie sich mit der kalten Standhaftigkeit von Maschinen weiterdrehten. Mit gesenkten Köpfen drängten die beiden vorwärts.

Klingen schwangen und schnitten weiter. Ihre Schneiden pfiffen durch die Luft.

Weitere Explosionen.

Und noch mehr Statuen.

Und dann rannten sie durch den Parkour, duckten sich und wichen aus, bis sie Percivals Gruppe erreichten.

Ihnen blieb keine Zeit für Worte oder für ein »Danke« oder sonst etwas. Sie nahmen Kurs auf die zweite Pyramide, so schnell ihre Füße sie tragen konnten.

Die Statuen nahmen allerdings die Verfolgung auf. Die großen und kleinen Zahnräder, die sie antrieben, schienen zu wissen, wo die Eindringlinge waren. Mehrere Statuen folgten mit schwingenden Klingen und schneidenden Hellebarden. Sie kamen in der Diagonalen auf sie zu. Manche bewegten sich gerade, während andere Schlangenlinien beschrieben, um sich gegenseitig auszuweichen. Es war wie ein Gesellschaftstanz, bei dem sich jeder Teilnehmer aus der Lust, ein blutiges Chaos anzurichten, heraus über die Tanzfläche bewegte.

Hinter den über den Boden kreisenden Statuen folgten die Zerstörten, obgleich sie dem Blutbad nichts mehr hinzufügen konnten.

Am großen Torbogen, der in die zweite Pyramide führte, hielt die gesamte Gruppe an. Brustkörbe hoben und senkten sich und rangen nach diesem langen Lauf in voller Geschwindigkeit angestrengt nach Sauerstoff. Sie standen unter dem antiken Portikus und beobachteten den grausigen Tanz der Statuen.

»Ich glaube nicht, dass die aufhören werden«, bemerkte Percival. »Hier kommen wir also definitiv nicht wieder vorbei.« Nach einer Pause fügte er hinzu: »Wir müssen einen anderen Weg hier raus finden. Für den Moment ist die Mission abgebrochen. Sie hatten recht, Ms. Moore. Dieser Ort besitzt ein Eigenleben.«

Nach Dunleavys Tod übernahm Percival das Kommando. Und sein erster Befehl war, zumindest Alyssas Ansicht nach, ein guter. Doch die Geschichte neigt dazu, sich zu wiederholen. Und wenn sich die Geschichte von Eden auf Atlantis übertrüge, dann war ihr klar, dass Percivals Befehl wenig Gewicht hatte. Sie waren zu weit gegangen, zu tief drinnen. Was bedeutete, dass Atlantis das Sagen hatte, nicht Percival.

»Ms. Moore, an der Außenseite dieses Torbogens befinden sich Symbole. Vielleicht Leitmarkierungen, die uns hier rausbringen?«, fragte Percival.

Hinter ihnen führten die Statuen ihr verworrenes Ballett fort.

Sie betrachtete die Symbole, die von einer Seite des Bogens über die Spitze und auf der anderen Seite nach unten verliefen. Sie erkannte die meisten dieser Zeichen als Prä-sumerisch wieder, eine Sprache aus einer Zeit vor der Zeit. Aus verstreuten Zeichen konnte sie herauslesen, dass sie von diesem Eingang als Sprungbrett zu einem Neuanfang sprachen. Sie begriff sofort, was das bedeutete. Sie waren auf dem richtigen Weg zur Kammer der Nachfolger. Zu den Kapseln, die die Neue Art enthielten. Hier gab es keine kryptischen Botschaften, keine Hinweise, die sie durch die nächste Herausforderung führen würden. Es war schlicht und ergreifend eine einfache Notiz, die besagte, dass die neue Rasse in der Nähe war.

»Wir gehen weiter«, sagte sie nur. Sie untersuchte die Zeichen weiterhin mit ihrer Nachtsichtmaske, einem Wunder der Technik.

»Gibt es Hinweise auf einen Weg nach draußen?«, fragte Percival.

»Falls es einen Weg gibt«, antwortete sie, »müssen wir ihn selbst finden.«

Percivals Schultern sackten herunter, gekrümmt wie ein Indianerbogen. Er war schon lange ein Elitesoldat. Aber selbst ein SEAL besaß die Fähigkeit, eine aussichtslose Situation zu erkennen. Das war nicht die Antwort, die er hatte hören wollen. Doch als SEAL würde er seinem Team zusetzen und nichts weniger als das Beste von ihm erwarten.

Alyssa bemerkte die Harpunen und ihre eigentümlichen Spitzen, die eigens mit Sprengstoff versehen waren.

Percival fiel ihr neugieriger Blick auf. »Was denn? Dachten Sie etwa, wir hätten nicht unser eigenes Spielzeug mitgebracht?«, fragte er sie. »Ihre Berichte waren gründlich, Ms. Moore. Wir haben uns vorbereitet. Doch am Ende hatten Sie recht. Wir sind für solche Umstände schlecht gerüstet.«

Alyssa dachte darüber nach. Im Moment schien der Kampf der Technologien zugunsten von Atlantis zu stehen. Ihr Treibstoff und ihre Munition gingen zur Neige. Atlantis war jedoch ein Ort der Magie, an dem die Wissenschaft noch nicht zu begreifen war. Und genau darin lag der Vorteil.

Im Hintergrund drehten sich die Statuen weiter in einem makabren und tödlichen Tanz.

Sobald sie den zweiten Tempel betraten, deaktivierten sich ihre Vitalsensoren. Wenngleich sie sich dessen nicht bewusst waren, zeigten ihre Signale nur noch Nulllinien. Für Atlantis waren sie sehr wohl lebendig. Für die Außenwelt galten sie jedoch als tot.

KOMMANDOZENTRALE

Paul Scott stand an dem Steuerpult, das von Aadesh bedient wurde, als zwei der Anzeigen auf den Vitalmonitoren anfingen, gerade Linien zu beschreiben. Der hohe Ton war durchdringend genug, um die Aufmerksamkeit aller in der Kommandozentrale zu erregen.

»Was ist das?«, fragte Scott, während er den Bildschirm absuchte. »Was passiert da?«

Aadesh tippte geschwind auf seine Tastatur ein, wie ein geübter Pianist. »Wir haben Parker und Davis verloren«, sagte er. »Überhaupt keine Signale.«

Die auf den Monitoren existenten Vitalzeichen waren auf gefährliche Level gestiegen. Herzschlag, Atmung und Blutdruck schossen in die Höhe.

»Etwas passiert da drin«, kommentierte Scott. Dann sagte er zu Aadesh: »Tun Sie was!«

»Was soll ich denn tun?«, schrie er zurück.

Im nächsten Moment zeigte ein weiterer Monitor eine Nulllinie. Diesmal war es Dunleavy.

»Wir haben den Commander verloren«, sagte Aadesh mit besorgter Stimme.

Scott fuhr sich nervös mit den Fingern durch die Haare, eine seltene Gefühlsregung eines Mannes, der dafür bekannt war, in angespannten Situationen eiskalt zu bleiben.

Keiner in der Kommandozentrale fühlte sich in der Lage, etwas zu tun. Sie konnten nur warten und hoffen, dass die anderen während dem, was in Atlantis vor sich ging, in Sicherheit bleiben würden.

Drei Minuten später wurden diese Hoffnungen zerschmettert, als die übrigen Monitore Nulllinien zeigten. Sie waren alle tot. Kein Herzschlag, kein Puls, kein rhythmisches Atmen oder andere Anzeichen von Leben.

Nichts.

»Mr. Scott?« Aadeshs Stimme klang, als hätte ihn das Ereignis schockiert. »Was soll ich tun?«

Nach einer langen Pause antwortete Scott ihm schließlich. »Kontaktieren Sie das Pentagon«, sagte er. »Informieren Sie sie über die Geschehnisse.« *Denn im Moment weiß nur Gott allein, womit wir es da drinnen zu tun haben.*

Aadesh machte den Anruf.

–17–

Der Hominid.

Trotz seines Aussehens war er menschlich, mit einem minimalen Unterschied zu unserer Genomsequenz von weniger als einem Prozent.

In seiner Kammer schritt er hin und her wie eine Katze, von Wand zu Wand und von Seite zu Seite. Der Hominid spürte eine Übertretung, die er korrigieren musste, weil die Dinge ungebremst voranschritten. Jemand war in heiliges Gebiet eingedrungen. Dass er das wusste, lag an einem grundlegenden Instinkt, einem sechsten Sinn, der in seine biologischen Schaltkreise eingebettet war. Es wusste – und konnte fühlen –, dass sich jemand Zutritt zur Kammer der Kristallschädel und den Tiefen dahinter verschafft hatte.

Der Instinkt befahl ihm, zu reagieren und zu beschützen. Und so begann er vergeblich, gegen die Wände seiner Plexiglasumgebung zu hämmern. Dann stieß er einen Gesang in einer uralten Sprache aus. Sein Schrei war der eines wilden Kriegers, der bereit ist, eine Schlacht zu schlagen.

Er spürte die tiefe Verbindung zu seinen Brüdern, spürte ihren Ruf zur Pflicht, die Neue Art zu beschützen. Sie waren da draußen. Warteten. Beobachteten. Bereit, loszuschlagen und diejenigen ohne Gnade zu vernichten, die die Pyramiden von Atlantis betraten.

Der Hominid zog sich zur Wand zurück und rutschte an ihr hinunter. Während er da saß, spürte er, wie seine Art die Waffen gegen die Eindringlinge ergriff. Sie würden die Zukunft schützen, indem sie die Neue Art zum Preis ihres eigenen Lebens schützten, denn das war im Vergleich zu dem der neuen Menschheit unbedeutend.

Er saß da.

Er wartete.

Und dank den Bildern vor seinem geistigen Auge konnte er sich ausmalen, wie seine Art in tödlicher Absicht vorwärts marschierte.

Schließlich waren diese Hominiden dazu gezüchtet worden.

–18–

Da waren's nur noch sechs.

In dem Moment, in dem sie die zweite Pyramide betraten, erhellten sich die Wände. Alle zogen ihre Nachtsichtmasken ab, um die Akkus zu schonen.

Sie bewegten sich mit Bedacht durch die Gänge und Flure, von denen einer aussah wie der andere. Es war ein Labyrinth. Und das beunruhigte Percival, weil sie wertvolle Zeit und Energie verschwendeten.

Dann ließ er das Team – die drei SEALS, John und Alyssa – anhalten. »Wir brauchen einen Plan«, sagte er. »Gott alleine weiß, was hinter diesen Ecken und Biegungen liegt.«

»Sie führen irgendwo hin«, sagte Savage. »Aber niemals an Orte, an die wir uns je hinwünschen würden. Atlantis hat jetzt das Sagen. Und es wird uns dort hinführen, wo es uns haben will. So war es in Eden. Und so ist es auch hier. Wir kämpfen uns durch.«

»Wir gehen endlos im Kreis«, sagte Percival.

»So sieht es aus«, sagte Savage. »Aber glauben Sie mir, das tun wir nicht.«

Percival schüttelte den Kopf; der Mann war sowohl frustriert als auch wütend. Missionen sollten reibungslos ablaufen. Und wenn etwas aus der Bahn lief, besaßen sie das nötige Geschick, um den Fehler zu korrigieren. Aber dies war eine andere Art der Kriegsführung, die er noch nie zuvor gesehen hatte. Sie waren eindeutig nicht in ihrem Element, denn hier handelte es sich nicht um ein Gefecht, sondern um einen Kampf gegen eine

Wissenschaft, die ihr Verständnis weit überstieg. Diese Situation war, als würde man einem Kind eine geladene Waffe in die Hand drücken und ihm sagen, es solle vorsichtig sein, ohne ihm zu zeigen, wie gefährlich die Waffe sein konnte. Gezinkte Würfel. Das war aus diesem Szenario geworden.

Als sie zehn Minuten später das Ende eines Gangs erreichten, sagte John: »Sehen Sie? Alles hat ein Ende.«

Den Abschluss des Korridors bildete ein Durchgang, allerdings keine Tür, sondern nur eine Öffnung. Darüber befand sich das Symbol des ägyptischen Anch, welches das Leben repräsentierte: Seine nadelöhrförmige Öffnung war ein Symbol für den Mutterleib und das Kreuz ein Symbol für die Geburt.

»Wir sind auf dem richtigen Weg«, sagte Alyssa.

»Wohin?«, fragte Percival.

Sie drehte sich zum Lieutenant Commander um. »Zur Neuen Art. Zu den Nachfolgern. Darum geht es doch, oder? Sie zu finden, ihren Standort zu bestimmen und dann einen Weg zu finden, sie zu vernichten. So lautet die Strategie, nicht wahr?«

Percival bemerkte ihre Gereiztheit, für die er nicht viel übrig hatte, und ließ sie das wissen. »Ms. Moore, was auch immer hier vor sich geht, übersteigt unser Verständnis. Das ist mir klar. Sie müssen begreifen, dass wir uns im Krieg befinden. Wir gegen sie. Wir müssen sofort hier raus und meine Vorgesetzten über den Widerstand informieren, den diese Pyramiden leisten. Wir brauchen mehr Männer, mehr Geduld … mehr Waffen.«

»Sie kapieren es einfach nicht«, sagte sie. »Bei dieser Mission geht es nicht mehr um Wir gegen Die. Das ist jetzt eine Selbstschutzmission.«

»Doch, ich *kapiere* das«, antwortete er. »Ich verlasse mich jetzt darauf, dass Sie uns hier rausbringen.«

Ich versuche es ja, dachte sie.

Dann betraten sie die Kammer, die klein, rund und perfekt gewölbt war. Auf der Kuppel befand sich eine detaillierte Sternkonfiguration, holografische Bilder, die von den aus dem Boden kommenden Lichtstrahlen auf die Oberfläche projiziert wurden. Die Sterne bewegten sich zwischen hell erleuchteten Sternenstaubwolken. Aber die Sternbilder und die Galaxie, die sie symbolisierten, waren die des Oriongürtels.

»Das ist ein Atlas«, sagte Alyssa, die von seiner wirklichkeitsnahen Schönheit beeindruckt war. Sie hatte das alles schon einmal gesehen. Diesen Führer zu den Ursprüngen der Erde. Wie in Eden würden sie Avatare und holografische Bilder der Anunnaki sehen, und jedes würde ihnen den Weg zur Erlösung weisen, während sie sich einen Weg durch die Verdammnis erkämpften. Sie hatte die Symbole wie das ägyptische Anch, das offenbar gar nicht streng ägyptisch, sondern vielmehr ein universelles Bild war, wiedererkannt. Und es gab noch andere Symbole, die alle die Kulturen von Atlantis und Eden miteinander verbanden.

Percival zeigte auf den gewölbten Baldachin des Oriongürtels. »Wird uns das hier rausführen?«, fragte er.

Sie schüttelte den Kopf. *Nein.* »Es ist eine Bibliothek, die unserer aufgezeichneten Geschichte vorausgeht. Sie handelt vom Ursprung der Menschheit.«

»Ich dachte, Sie hätten gesagt, dass dieser Planet eine Petrischale sei und wir die Produkte eines schiefgegangenen biologischen Experiments.«

»Das sagte ich. Und das sind wir. Dieses Bild zeigt den Standort der Anunnaki. Oder das, was die frühen

Menschen für den Ursprungsplaneten unserer Schöpfer hielten. Dieser Glaube findet sich in Schriften und Skulpturen auf der ganzen Welt, nicht nur hier.«

»Und was wollen Sie damit sagen?«

»Die Ähnlichkeiten zwischen Atlantis und Eden sind …« Ihr Satz blieb in der Luft hängen.

»Sind was?«

Sie drehte sich zu Percival um, dann zu den drei übrigen SEALs. *Unabhängig von ihren Fähigkeiten,* überlegte sie, *werden sie zum größten Teil keine Rolle spielen.* Orte wie Eden und Atlantis wurden vor Äonen erschaffen, als die Technologie für die Menschheit einen so unerreichbaren Gipfel darstellte, dass sie nichts weiter war, als eine simple Laborprobe, die man unter einem Mikroskop betrachtete. Selbst nach heutigen Maßstäben war der Mensch in den Augen seiner Schöpfer immer noch ein unreifes Kind, trotz der Riesenschritte – wenn auch nicht viele –, die es gemacht hatte.

»Sind was?«, wiederholte Percival.

»Um in den Himmel zu gelangen«, sagte sie, »müssen wir durch die Hölle gehen.«

Percival antwortete ihr mit einem prüfenden Blick.

Alyssa ging weiter, entfernte sich von Percival.

In einer an den Atlasraum angrenzenden Kammer stand ein Thron aus kostbaren Edelsteinen und Metallen. Der Sitz war so konstruiert, dass er Wesen Platz bot, die größer waren als der heutige Mensch. Und die eingemeißelten Muster, die ihn säumten, waren verschlungene Darstellungen von DNA–Strängen. Jede Perle, jedes Molekül innerhalb des korkenzieherförmigen Strangs, war aus einem funkelnden Edelstein gemacht, der bunte, glitzernde Lichtpunkte versprühte.

Die Schöpfung war grandios. Wunderschön. Und Alyssa wusste, dass der Thron nicht allzu lange leer bleiben würde. Der Moment, in dem sie die Kammer betreten hatten, war auch der Moment, der ihnen den holografischen Avatar vorstellte.

Ein Bild erschien auf dem Thron, zunächst geisterhaft und transparent, wie ein schwaches Bild, das noch nicht online oder auf die richtige Frequenz abgestimmt ist.

Percival befahl seinem Team, die Waffen zu ziehen.

John Savage hielt sie auf. »Nein«, sagte er und winkte sie zurück. »Es ist ein Hologramm. Als wir diesen Raum betreten haben, haben wir uns auf etwas eingelassen, das uns zeigen wird, warum wir den Weg beschreiten, auf dem wir uns gerade befinden. Es ist eine Bilanz.«

»Eine Bilanz wovon?«, fragte Percival.

John Savage blickte auf das Bild auf dem Thron, das mit jedem Augenblick deutlicher wurde. »Eine Bilanz darüber, warum wir bis 2026 von diesem Planeten getilgt werden sollen.«

Das Bild trug eine kunstvolle Krone, eher eine Art juwelenbesetzte Kappe, die einen länglichen Schädel bedeckte. Sein Gesicht war menschlich: Augen, Nase, Brauen und Kieferpartie. Auch der Körper war ähnlich, nur viel größer und mit symmetrisch längeren und schlankeren Gliedmaßen – zwei Armen und Beinen, zehn Fingern und Zehen – als die des heutigen Menschen.

Sobald das Bild so scharf war, dass es echt auf dem Thron wirkte, klappte Percival die Kinnlade ein wenig herunter. Der Mann war zutiefst beeindruckt.

Der Avatar streckte eine Hand aus und deutete mit einem einzigen Finger, der so lang und dünn war wie der Zinken einer Mistgabel, auf die gegenüberliegende

Wand. *Schaut zu,* riet er ihnen, *und seht den Todespfad, den* ihr *bestritten habt,* ihr *den Tod anderer forciert habt.*

»Was passiert da?«, fragte Percival.

John Savage, der dies bereits in Eden gesehen hatte, sich aber erhoffte, noch mehr zu sehen, sagte: »Schauen Sie einfach zu. Sie könnten etwas lernen. Zum Beispiel, dass die Vision des Pentagons, diese Technologie für militärische Zwecke einzusetzen, statt der Menschheit damit zu nutzen, Teil des Problems ist. Es zeigt uns, wie wir uns selbst verdammen.«

Plötzlich erschienen Bilder an der gegenüberliegenden Wand, die als notdürftige Kinoleinwand diente.

Armeen und Krieger kämpften eine Schlacht auf einem Feld, während Blut in Rinnsalen durch den Schlamm strömte. Simple Waffen wie Knüppel und Steinäxte zogen blutige Bögen und knüppelten, zerschnitten und rissen.

Dann ging die Szene in andere gewalttätige Ereignisse über, angefangen bei den Kreuzzügen.

Krieger in Kettenhemden und Tuniken verbreiteten das Christentum mit den scharfen Klingen ihrer Breitschwerter, töteten und verstümmelten als Mittel zur Weitergabe einer Ideologie.

Grausame Folterszenen spielten sich ab. Mitglieder der Spanischen Inquisition machten ungestraft Jagd auf Muslime, Juden und Protestanten und richteten zwischen dreitausend und fünftausend Menschen hin. Einige durch Folter. Andere – wie eine bestimmte Szene an der Wand zeigte –, ähnlich der vierzehn Protestanten in der Stadt Valladolid, durch den Feuertod auf dem Scheiterhaufen.

»Wie Sie sehen können«, sagte Savage reuevoll, »haben sie uns die ganze Zeit über beobachtet.«

Bald ging die Spanische Inquisition in andere Bilder über. Diesmal war es Frankreich während der französischen Schreckensherrschaft von 1793 bis 1794. Im zentralen Teil des Platzes waren Guillotinen aufgestellt, wo sie als Unterhaltung dienten. Die Menschen waren ihrem Schicksal ergeben, als sie die Stufen zur Bühne hinaufgingen, wo sie an einem Brett festgebunden und unter die Klinge geschoben wurden. Womöglich waren diese Momente, in denen sie darauf warteten, dass die Klinge herabfiel, die längsten ihres Lebens. Welches filmische Auge den Moment damals auch einfing, es schwenkte langsam über die Gesichter der Massen, um einen Blick auf die Menschen zu erhaschen, die ihre Fäuste in Jubel und Blutgier erhoben, insbesondere bei jedem Herabsausen der Guillotinenklinge.

Dann gingen die Bilder zu den Grabenkämpfen während des Ersten Weltkriegs über, wo die Gräben zu Gräbern für diejenigen wurden, die den Gasen und der chemischen Kriegsführung zum Opfer gefallen waren. Fliegen schwirrten um die aufgedunsenen Leichen, die halb in Schlamm und Schlick begraben lagen.

Der Zweite Weltkrieg. Der Holocaust.

Unmittelbar erschienen Szenen, in denen Hitler zu den Massen sprach und den Menschen Deutschlands falsche Hoffnungen und Versprechungen machte, mit dem Hakenkreuz im Hintergrund. Danach kamen Bilder von Juden, die den Rand einer Grube säumten, während Nazi-Soldaten ihre Waffen anlegten und schossen. Die Opfer fielen massenweise in das Grab. Diejenigen, die man noch töten würde, wurden gezwungen, Kalk über die Körper der Toten zu schütten.

Szenen von einem Feld.

Skelettierte Leichen, die in den Vernichtungslagern von Auschwitz und Treblinka verhungert waren, drei bis fünf Meter hoch aufgetürmt: Eine Mauer, die nichts anderes war als ein wildes Gewirr von Gliedmaßen, die von einer Pflugklinge in einen tiefen Graben geschoben wurden.

Jetzt hingen drei Juden von Seilen an einem Balken im Inneren eines Vernichtungslagers. Ihre Füße befanden sich keinen halben Meter über dem Boden und ihre Körper schwangen träge hin und her. Alle drei, zwei Männer und eine Frau, trugen die gestreiften Kleidungsstücke, auf denen der Davidstern prangte, das Symbol ihres Glaubens, der zu ihrer Verdammnis geführt hatte.

Weitere Szenen, alle ruchlos, alle von Hinrichtung durch Vergasungen und Schießkommandos.

Dann die japanische Front, als Japan in China einmarschierte, wo es Soldaten gab, die sich der systematischen Enthauptung ihrer Opfer mit Katanas verschrieben hatten. Es folgten die Bilder von chinesischen Männern, die von japanischen Soldaten zu lebenden Zielscheiben von Bajonettübungen gemacht wurden.

Selbst Percival war von dem, was er dort sah, angewidert.

Vietnam: Szenen eines nackten Mädchens, das eine Straße entlang rannte. Ihre Haut zeigte Napalmverbrennungen. Dörfer brannten, während tote Kinder auf ungepflasterten Straßen lagen. Aus Laderäumen von Helikoptern geführte Feuergefechte zeigten sich an der Wand. Salven aus anmontierten Maschinengewehren scheuchten den Feind am Boden auf, der nach Deckung suchend auf Verstecke zurannte, nur um gnadenlos abgeschossen zu werden. Anschließend wurde in einer anderen Szene in Südvietnam ein Nordvietnamese auf offener

Straße hingerichtet: Ein Offizier zog seine Pistole, hielt sie an die Schläfe des Mannes und drückte ab. Das Bild war ein Schlüsselmoment des Vietnamkriegs. Der Mann lag blutend auf dem Gehsteig und eine Blutlache breitete sich unter seinem Kopf aus wie ein Heiligenschein.

Ein anderes Bild: Diesmal brannte ein Kreuz auf einem Feld, während vermummte Gestalten mit Umhängen und kegelförmigen Hüten einen Schwarzen umringten, der am Ende eines Seils schwang, das vom dicken Ast einer Eiche herabhing. Weitere Bilder des KKK, dieses Mal von der Auspeitschung eines Schwarzen. Dann wurden weitere Bilder von brennenden Kreuzen, dem Symbol Christi, sichtbar. Sie loderten wie Freudenfeuer.

Die Chicago-Unruhen tauchten auf, bei denen die Polizei mit Schlagstöcken auf die Opfer einprügelte und ungestraft Blut vergoss und Knochen brach, während die Gesellschaft Stück für Stück zerfiel.

Und dann kam der 11. September: Zwei Flugzeuge flogen in das World Trade Center, die Türme stürzten ein, Rauch stieg auf, und staubbedeckte Menschen rannten panisch durch die Straßen von New York City.

Anschließend der darauffolgende Krieg im Nahen Osten. Bilder von Desert Storm und Desert Shield erschienen losgelöst von der chronologischen Reihenfolge, und die beiden Kriege verschmolzen zu einem einzigen Ereignis. Es gab Szenen von Saddam Hussein und Chemical Ali. Bilder von Gemetzeln und Enthauptungen und von Männern, die von Dächern geworfen wurden. Es gab Selbstmordattentäter, die sich in die Luft sprengten. Die Bilder waren grauenvoll. Dann spielten sich weitere eindringliche Szenen an der Wand ab, allesamt von Frauen und Kindern. Von Kurden, die an den

Folgen chemischer Kriegsführung gestorben waren. Ihre Haut war schwarz und fleckig.

Alyssa wandte sich ab. »Ich kann mir das nicht länger ansehen.«

Weitere Bilder, von Menschen, die im Zuge des Völkermords in Ruanda abgeschlachtet wurden, wo die Hutus von den Tutsi mit der Machete, der Waffe ihrer Wahl, abgeschlachtet wurden. Es gab Szenen von Vergewaltigungen, Verstümmelungen und der vorsätzlichen Verbreitung von Krankheiten. Die endgültige Zahl der Opfer lag zwischen fünfhunderttausend und einer Million.

Weitere Bilder von Massenvernichtungen, diesmal vom Armenischen Genozid, der 1915 begann, als der Rest der Welt vom Ersten Weltkrieg abgelenkt war. Körperlich gesunde Männer wurden abgeschlachtet und Frauen und Kinder auf Todesmärsche durch die Syrische Wüste gezwungen. Ganze Dörfer wurden bis auf die Grundmauern niedergebrannt, während die Bewohner noch in ihren Häusern waren. Und Bootsladungen von Armeniern wurden aufs Schwarze Meer hinausgebracht und versenkt. In dieser Zeit wurden zwei Dutzend Konzentrationslager errichtet, in denen Vergiftungen und Vergasungen stattfanden. Schlimmer noch, unschuldige Kinder wurden von türkischen Ärzten mit dem Blut von Typhuspatienten injiziert. Am Ende waren schätzungsweise zwischen sechshunderttausend und 1,8 Millionen Armenier während des Völkermords umgekommen. An der Wand waren diese Bilder gestochen klar, nicht von der körnigen Schwarz-weiß-Qualität der Kinofilme jener Zeit.

Die nächsten Bilder waren jedem hinreichend bekannt: Der Zusammenbruch der Sowjetunion und dessen weitreichende Folgen, die das ehemalige Jugoslawien verwüsteten.

Im Jahr 1990 begann das Land, sich in Republiken aufzuspalten, was zu ethnischen Spannungen und der Vertreibung der Bevölkerung führte. Bosnien wurde zum Ground Zero für Gräueltaten. Das Panoramabild, das jetzt an der Wand zu sehen war, zeigte General Ratko Mladić von der Armee der Republika Srpska, der die Hinrichtung Tausender bosnischer Muslime und Serben anführte, um das Gebiet *»ethnisch zu säubern«*. Am Ende gab es mehr als zwanzigtausend Tote durch Hinrichtungen, Vergewaltigungen, Brände und öffentliche Enthauptungen.

Weitere Szenen, ganz aktuell. Bilder des Krieges in Syrien, wo die Notleidenden Chemiewaffen zum Opfer gefallen waren. Tausende waren tot, weitere Tausende lagen im Sterben und währenddessen fand ein Exodus in Richtung Türkei statt. Aus diesem Chaos erhob sich eine Neue Ordnung, eine Gruppierung namens Islamischer Staat, die mit grausamen und ungewöhnlichen Methoden tötete, zum Beispiel, indem sie Menschen bei lebendigem Leibe verbrannte oder in Säurefässer tauchte.

Selbstmordattentate an Flughäfen und auf Basaren. Die Ermordung unschuldiger Menschen oder Angriffe auf leicht verwundbare Ziele an Orten wie Belgien, Paris oder Istanbul. Weiteren Morde in den Vereinigten Staaten erschienen an der gegenüberliegenden Wand, Orlando und San Bernardino, alle in lebhaften Details. Die Farbe Rot war noch nie so dominant gewesen.

Nachdem sie über fünftausend Jahre aufgezeichneter Geschichte gezeigt hatten, verblassten die Bilder schließlich. Die Wand war leer.

Auch der Avatar begann zu verblassen, verwandelte sich von etwas Solidem zu etwas Mattem, dann von etwas Mattem in Nichts.

»Als Spezies betrachtet man uns als kompletten, vollkommenen Fehlschlag. Deswegen wird unsere Herrschaft ein Ende finden.« Reue schwang in John Savages Stimme mit.

Percival und seine Mannschaftskameraden waren stumm und fassungslos. Sie hatten ihren kleinen Lebenskreis für selbstverständlich gehalten. Nun war ihnen der Grund präsentiert worden, warum sie als Spezies nicht mehr weitermachen konnten. Wenn die Menschheit diesen Weg weiter beschritt, nachdem sie gelernt hatte, das Atom als Waffe zu nutzen, würde bestimmt jemand irgendwann den Knopf drücken und den Planeten zerstören.

Percival schloss die Augen. »Sie versuchen, diese Welt zu retten«, sagte er leise.

»Sieht ganz so aus«, sagte Alyssa.

Percivals Augen öffneten sich schlagartig. »Wie es auch sei«, sagte er, »wir reden davon, mehr als sieben Milliarden Menschenleben zu retten.«

»Wenn das so weitergeht«, erklärte John, »dann reden wir vom Tod von mehr als sieben Milliarden Menschen.«

»Sind Sie gewillt, Ihr Leben aufzugeben, ohne uns eine zweite Chance zur Wiedergutmachung einzuräumen? Ist es das?«

Savage dachte: *Vielleicht sind wir zu weit gegangen.*

»Wir können daraus lernen«, sagte Percival.

»Wir lernen schon sehr lange«, sagt Alyssa. »Und die Lektionen kommen einfach nicht an.« Sie zeigte auf die Wand. »Wir werden schlimmer, je weiter wir kommen.«

»Noch mal: Sind Sie gewillt, Ihr Leben aufzugeben, ohne uns eine zweite Chance zur Wiedergutmachung einzuräumen?«

Alyssa stand am Scheideweg der Unentschlossenheit. Natürlich wollte sie nicht sterben. Aber hatten sie das Zeug dazu, sich zu ändern? Sie war sich nicht sicher, denn die Menschen schienen auf eine »bestimmte Weise« zu ticken, und diese »bestimmte Weise« war aus der Neuen Art gelöscht worden. Sollte sich diese Neue Art erheben, wäre sie sofort dort erfolgreich, wo der Mensch versagt hatte, weil die Neigung zur Gewalt kein Teil ihrer genetischen Veranlagung war.

»Ms. Moore«, forderte Percival sie auf. *Würden Sie mir bitte diese Frage beantworten?*

»Natürlich möchte ich weiterleben«, sagte sie.

»Dann haben Sie Vertrauen in uns. Glauben Sie daran, dass wir einen Unterschied machen können. Und bringen Sie uns verdammt noch mal hier raus.« Er beugte sich zu ihr. »Jetzt gleich.«

Alyssa Moore führte sie aus einer Kammer in die nächste.

–19–

Paul Scott stand in der Kommandozentrale und starrte auf leere Monitore. Nach Rücksprache mit den Verantwortlichen im Pentagon war beschlossen worden, eine zweite Einheit zu mobilisieren. Anscheinend war das erste Team ein Opferlamm gewesen, um das Risiko abzuwägen und die Gefahrenzonen festzulegen. Der Hauptteil der Diskussion hatte sich jedoch um die Macht der Kristallschädel und die elektromagnetischen Impulse, die sie ausstrahlten, gedreht. Es war klar, dass sie eine Kraft ausstrahlten, die eine Schutzblase erzeugte, die stark genug war, um Tonnen von Wasser zurückzuhalten. Und sie schlussfolgerten, dass die Kraft dieser Kristalle stark genug war, um Kompasse und Navigationssysteme zu verwirren und zu manipulieren. Auf die gleiche Weise kamen Flugzeuge im Bermudadreieck vom Kurs ab, was mittlerweile aufgrund der großen Reichweite elektromagnetischer Wellen einen Sinn ergab. Dieses Rätsel war nun gelöst, da die Wissenschaftler nun zu verstehen begannen, dass elektromagnetische Impulse Strom unterbrechen können. Zufälligerweise hatten die antiken Ingenieure schon tausende Jahre zuvor gelernt, sich diese Energie zunutze zu machen.

Aber könnte das Pentagon das Gleiche tun? Könnte es diese Macht konstruktiv einsetzen?

Scott fragte sich, ob die Menschheit nichts weiter als ein Kind unter Geistesriesen war, das mit einer geladenen Pistole spielte. Manche Dinge blieben besser ungestört.

Doch das Pentagon sah das anders.

An der Wand tickte eine Uhr gleichmäßig. *Mehr als zwei Stunden sind vergangen, seit die Lebenszeichen von den Geräten verschwunden sind,* dachte er. Es kam ihm viel länger vor. Tatsächlich schien es schon ein ganzes Leben her zu sein.

Er beobachtete die Zeit, während sich ein zweites Team versammelte.

Noch immer tickte die Uhr mit der Langsamkeit eines bösen Traums vor sich hin.

-20-

Alyssa Moore führte die Gruppe an.

Die Wände strahlten einen schwachen Lichtschein aus, kaum stärker als der Schein weniger Kerzen. Aber es war genug. Schatten sammelten sich unheimlich an den Rändern der Kammern und schufen dunkle Schleier und schwarze Vorhänge, die tief genug waren, um spähende Blicke zu verbergen.

Selbst mit spärlichem Licht waren sie quasi blind unterwegs. Es schien keine Rampen zu den oberen Etagen oder zur Spitze der Pyramide zu geben, die, wenn sie Eden ähnelte, ein Weg nach draußen wäre.

Alles wirkte so flach und gleichmäßig wie die Ebenen von Kansas und es gab keinen anderen Ausweg als den Weg, den sie gekommen waren. Und der wurde streng von mörderischen Statuen bewacht, die von einer uralten Technologie gesteuert wurden.

Als sie tiefer in die Kammer eindrangen und jeder Schritt die Steine berührte, wurden die Wände heller, langsam, aber sicher, bis sie genug beleuchteten, dass die Schatten zurückgedrängt wurden.

In der Mitte des Raumes, auf einem Sockel aus Obsidianglas, stand etwas Bemerkenswertes. Etwas aus Folkloren und Legenden. Alyssa glaubte, ihr Herz müsse ihr gleich in der Brust stehen bleiben. Dann warf sie alle Vorsicht beiseite und eilte trotz der Warnrufe von John Savage und Lieutenant Commander Percival zum Sockel.

Und dann stand sie vor ihrem erstaunlichen Fund. Unter einem kegelförmigen Lichtstrahl, der die Reliquie anstrahlte und zur Geltung brachte, ruhte eine Tafel, die vollständig aus einem Smaragd gefertigt war. Sie war grün und flach und voller Bilder und hervorstehender Buchstaben, die alle anzunehmenden Geheimnisse des Universums kannten.

Hier lag die Tabula Smaragdina, ein historischer Text, der theoretisch mächtige und alchemistische Formeln enthielt, die es jedem ermöglichen sollten, körperliche, geistige und spirituelle Transformation zu erlangen. Man hatte angenommen, er sei unter dem Sand des Gizeh-Plateaus begraben. Andere hingegen hatten ihn in Atlantis vermutet.

Sie streckte eine Hand danach aus, wollte mit den Fingerspitzen über die Edelsteintafel streichen, die hervorstehenden Buchstaben fühlen und die Geheimnisse der Welt entschlüsseln. Hier war ihr Heiliger Gral. Die Tabula Smaragdina war nicht länger eine als Mythos und Legende angesehene Trophäe. Sie war absolut real.

»Ms. Moore?« Das war Percival. Seine Stimme klang dünn, als käme sie aus einem Kilometer Entfernung.

Ms. Moore?

Sie zog ihre Hand zurück. »Wir müssen das mitnehmen«, sagte sie. »Es ist von größter Bedeutung.«

John Savage, der die Tabula zwar erkannte, aber auf die Gefahren ihrer Umgebung konzentriert war, zog sie zurück. Er wusste, dass Alyssa ein kleiner Hitzkopf war, der in Momenten, in denen sie ihrer Umgebung gegenüber zaghafter begegnen sollte, oft ein wenig zu enthusiastisch wurde.

Savage musterte den Bereich eingehend, suchte nach Gefahren und Anomalien.

Dann schüttelte Alyssa seinen Griff ab und wandte sich wieder der Tafel zu. Als sie sich darüber beugte, um die

Buchstaben und Symbole besser lesen zu können, warf der Smaragd einen grünen Schimmer auf ihr Gesicht. Sie konnte eine Kraft spüren, die als schwache Wärmestrahlung von seiner Oberfläche ausging.

»Ms. Moore.« Wieder Percival.

»Das ist die Tabula Smaragdina«, erklärte sie ihm. »Sie enthält Antworten auf so viele Fragen, auf so viele Geheimnisse. Je nachdem, welche Legende oder Sage man hört, soll sie fünfzigtausend Jahre alt sein.«

»Und das stimmt natürlich nicht«, sagte Percival.

»Höchstwahrscheinlich nicht. Aber wir können ihr Alter durch Kohlenstoffdatierung bestimmen. Das Wichtigste daran ist, die Geheimnisse des Lebens zu entschlüsseln. Diese Tafel könnte uns die Antworten auf die Fragen »wer, was, wann, wo, warum und wie« wir als Spezies enden werden liefern. Angeblich erklärt sie die physische, mentale und spirituelle Transformation des Lebens, was sich meiner Meinung nach auf die Nachfolger bezieht. Das kann uns verraten, wo sie sind, wo die Satellitenstationen rund um die Welt sein könnten.«

»Und da sind Sie sich sicher?«, fragte Percival.

Sie drehte sich zu ihm um. »In dieser Angelegenheit gibt es nichts Sicheres«, erklärte sie ihm. »Alle Legenden beruhen auf irgendwelchen Tatsachen. So viel wissen wir. Aber am Ende, sobald man sie untersucht, stellt man fest, dass die *Fakten* nur einen lächerlich kleinen Prozentsatz der Ergebnisse ausmachen. Der Rest ist ausgeschmückt. Daher auch das Wort ›Folklore‹.«

»Und Sie glauben, das könnte uns gewissermaßen nutzen.«

Sie wich zurück und zeigte auf den Sockel. »Sehen Sie sie sich an«, sagte sie. »Sie steht im Rampenlicht der legendärsten Stadt, die je von Geschichten geprägt wurde. Also verraten Sie mir, Percival, warum eine solche Tafel ganz allein in einem Raum unter einem besonderen Licht erstrahlen sollte?«

Er wusste keine Antwort.

»Weil es eine Aufzeichnung von großer Bedeutung ist«, sagte sie ruhig. »Wir müssen es mitnehmen.«

Percival deutete auf einen seiner SEALs und dann auf die Tafel. Die Geste bedeutete seinem Mann, sie vom Sockel zu nehmen, was er auch tat. Er ergriff sie vorsichtig an den Rändern, spürte ihre Wärme und Energie, und dann hob er sie von dem Ständer, der sie so viele Jahrhunderte lang aufgerichtet gehalten hatte. Die Tafel wog ungefähr achtzehn Kilo. Er begann, sie mit einigen Riemen an seinem Sauerstofftank zu befestigen.

Just in dem Moment, in dem er die Tabula Smaragdina sicherte, wurden die erleuchteten Wände dunkler und ihr Licht verblasste. Plötzlich geriet eine Wand in Bewegung. Sie schob sich von der anderen Seite des Raums her auf die Gruppe zu wie ein Schraubstock und kam stetig näher.

»Ich glaube, die Tafel zu entfernen, hat etwas ausgelöst«, sagte Percival.

»Ach, glauben Sie!«, sagte John.

Dann bewegte sich die Wand schneller, nahm mit jedem halben Meter neuem Boden, den sie eroberte, Geschwindigkeit auf.

Auf der gegenüberliegenden Seite war eine Tür, wenngleich die Öffnung unerreichbar weit entfernt und ein bloßer Fleck war.

Sie rannten zum Ausgang, während die Wände und der Boden um sie herum erbebten, als die Pyramide das

Eigenleben eines auf die Vernichtung seiner Beute versessenen Raubtiers entwickelte. Die Wand schob sich vorwärts, immer schneller, und der Raum wurde immer schmaler. Dann erreichte sie das Podest der Tafel und zerschmetterte das Obsidianglas in knapp zehncentstückgroße Splitter und Trümmer. Durch die Kraft der Wandbewegung verteilten sich die Bruchstücke explosionsartig über den Boden.

Percival, John und Alyssa rannten zuvorderst, mit den SEALs hinter sich. Derjenige, der die Tafel trug, lag weit zurück; das zusätzliche Gewicht verlangsamte ihn.

Die Wand war jetzt gefährlich nah und zwängte sie in einen kleinen Bereich.

Die Tür kam näher und war doch so weit entfernt.

Die Wand bewegte sich schneller.

Beinmuskeln begannen zu brennen, während alle mit großen Schritten auf ihr Ziel, den Durchgang vor ihnen, zuliefen.

Der SEAL mit der Tafel drehte sich um und sah, wie die Wand schnell aufrückte. Er winkelte die Arme an und nahm die Beine in die Hand und bewegte sich schneller als je zuvor. Doch die Wand war ihm dicht auf den Fersen, und der Soldat spürte das Grollen ihres großen Gewichts unter seinen Füßen.

Als sie die Tür erreichten, sprang Percival durch die Öffnung. John und Alyssa waren direkt hinter ihm. Zwei SEALs folgten rasch, und alle feuerten den dritten an, der die Tafel an seinen Tank geschnallt hatte.

Sie riefen ihm zu, winkten ihn weiter, während der Soldat einen Arm ausstreckte und nach Rettung suchte. In diesem Moment war es jedoch sinnlos, weshalb der SEAL die Riemen löste, den Sauerstofftank und die Tafel ergriff und sie durch die Türöffnung in sicheres Gebiet warf. Dann streckte er wieder den Arm nach Rettung aus und kam ihr dabei immer näher.

Fast geschafft.

Plötzlich schob sich eine Tür aus einem seltsamen Verbundstoff über die Öffnung, ähnlich der Klinge einer Guillotine, und trennte die anderen von ihm. Schließlich erklang der endgültige Knall, der die gesamte Kammer erschütterte, als auf der anderen Seite der Tür eine Wand auf die andere traf. Eine Blutlache floss langsam unter dem Türspalt hindurch und breitete sich mit dem Geruch von Kupfer auf dem Boden aus.

Percival hob den Tank und die Tafel auf und reichte sie wütend einem SEAL. Mit einem bösen Blick wandte er sich an Alyssa. »Ich hoffe, Ihre Tafel war es wert«, sagte er.

Alyssa war elend zumute. »Es tut mir leid.«

Percival zeigte auf die wachsende Lache auf dem Boden. »Das können Sie seiner Familie sagen«, erwiderte er. »Seiner Frau und seinen beiden Kindern.«

»Das reicht«, sagte Savage, als der SEAL die Tafel stumm vom Tank entfernte und sie an seinem eigenen befestigte. »Wir alle kannten die Gefahren und den Preis dafür, hierherzukommen. Sie sagten, Sie hätten ihre Berichte ausgiebig gelesen. Schieben Sie also nicht die Schuld auf sie, weil etwas nicht gelaufen ist wie geplant. Sie sind Soldat. Sie sollten also wissen, dass nichts jemals so läuft, wie es auf dem Papier geplant ist.« Percival ließ von ihr ab. Seine Wut ließ ein wenig nach. Savage hatte recht. Pläne gingen selten auf. Auf dem Papier sahen sie perfekt aus. Aber gewisse Elemente der Schlacht konnte man nie einplanen.

Niemals.

»Ms. Moore«, sagte er zurückhaltender, »können Sie uns aus diesem Schlamassel rausbringen?«

»Ich versuche es.«

Percival blickte auf die beiden SEALs, die mit den Harpunenwerfern und Sprengstoffspitzen bewaffnet waren, wobei sich der Bestand an Spitzen auf einige wenige reduziert hatte. Im Moment sah nichts auch nur annähernd positiv aus.

Dann sagte er zu Alyssa: »Ich denke, Sie müssen sich verflucht noch mal mehr Mühe geben.«

–21–

Die Wächter besaßen einen zusätzlichen Sinn, der ihnen verriet, dass ihre Beute in der Nähe war. Sie begriffen, dass sie ihre Verteidigungslinien auf jenen Ebenen der Pyramide, die zehntausende Kapseln voller Exemplare der Neuen Art beheimateten, verstärken mussten, weil der Feind die Tore durchbrochen hatte.

Sie kannten die Gänge, die verschlungen angelegt worden waren, um jene zu verwirren, die mit diesem Grundriss nicht vertraut waren, und folgten ihnen problemlos, während sie die Lücke zwischen sich und ihren Feinden schlossen.

Die Neue Art zu beschützen, hatte Vorrang. Das Leben eines Wächters war kaum mehr als eine entbehrliche Hilfe. Sobald sie ihren Auftrag abgeschlossen hätten, war ihr Wert erschöpft. Die Neue Art würde ihren Platz im Gesamtgefüge einnehmen und die Wächter würden ihnen untertan sein. Ohne Geschlechtsorgane zur Fortpflanzung würden sie schlussendlich mitsamt dem Gen, das die Neigung zur Gewalt enthielt, aussterben. Und die Neue Art würde anschließend viele tausend Jahre lang in Frieden herrschen.

So lautete der Plan, der von den Alten und den Schöpfern auf Pergament und Stein festgehalten worden war.

Die Wächter stürmten weiter.

-22-

Alyssa und ihre Gefährten hatten den Verbindungsgang gefunden, der in die dritte Pyramide, dem kleinsten der drei Bauwerke, führte. Ihr war klar, dass sie höchstwahrscheinlich die Kapseln beheimatete und als Labor diente. Hier gäbe es viele Gefahren und Fallen zum Schutz dieser Kapseln.

Sie mussten sich nach oben wenden, zur Spitze der Pyramide und zum Ausgang. Von dort aus müssten sie an die Oberfläche schwimmen, da die Module zu tief unten lagen.

Zumindest lautete so der Plan.

»Wir sind da«, sagte sie.

»Und ›da‹ wäre wo?«, fragte Percival.

»In der letzten Pyramide … sie ist gleichzeitig die gefährlichste.«

»Warum?«

Sie sah Percival an, dessen Miene stoisch gefasst blieb. »Weil die Kapseln hier sind«, sagte sie. »Wir haben die ersten beiden Verteidigungslinien durchbrochen. Die dritte wird die schwierigste sein.«

»Was sollen wir tun?«

»Wir gehen nach oben«, sagte sie und zeigte zur Decke.

»Haben wir das nicht schon die ganze Zeit versucht?«

»Diese Pyramiden wurden so konstruiert, dass sie uns nach dem Willen ihrer Erschaffer führen und leiten«, mischte sich Savage ein. »Wir nahmen den Weg, der uns aufgezwungen wurde.«

»Und jetzt?«

»Falls es ähnlich ist, wie in Eden – und davon bin ich überzeugt –, ist die Spitze der Weg nach draußen.«

»Das behaupteten Sie bereits von den beiden anderen Pyramiden. Aber es gab keine Gänge, die hinausgeführt hätten.«

»Weil wir eingesperrt sind«, sagte Savage. »Wie gesagt, diese Pyramiden dienen dem Willen ihrer Erschaffer. Sie haben sich entschieden, uns keine anderen Möglichkeiten offenzulassen, als hierher zu kommen.«

»Warum?«, fragte Percival. »Warum sollten sie uns zu der Stelle führen, wo ihre wertvollsten Schätze liegen?«

»Weil die Wächter hier sind«, sagte Alyssa. »Wo die Technologie versagt hat, werden sie das nicht.«

»Sie bilden die letzte Verteidigungslinie«, sagte Savage. »Und sie werden die Neue Art mit all ihrer Macht, Kunstfertigkeit und Grausamkeit beschützen.«

»Falls sie hier sind«, sagte Percival.

»Sie haben die Dinger da oben auf er Ölbohrinsel gesehen«, sagte John. »Glauben Sie, das sind die Einzigen?«

Percival realisierte, dass er über eine kleine Crew mit wenigen Waffen verfügte. Dann zeigte er auf die Tabula Smaragdina. »Kann uns das Ding da irgendwie hier rausbringen?«

»Zuerst mal«, sagte Alyssa, »ist das kein Ding. Es ist die Tabula Smaragdina.«

»Was auch immer«, sagte Percival lapidar. »Kann sie uns weiterhelfen?«

»Sie könnte in der Lage sein, uns alles Nötige zu verraten, um sie aufzuhalten. Falls wir sie übersetzen und ihre Strategie in Erfahrung bringen können, können wir vielleicht faire Bedingungen schaffen.«

»Ich meine nicht langfristig. Ich meine jetzt und hier.«

Sie sah ihn ungläubig an. »Meinen Sie, wir sollen sie wie ein Schild hochhalten oder so? Sind Sie blöde? Sie ist nicht die ›Macht‹. Ich kann sie nicht wie einen Zauberstab schwenken, wenn sie das wissen wollten.«

Percival wirkte durcheinander, als er die leuchtende Tafel betrachtete, grün und glasähnlich. »Finden Sie einfach einen Weg nach oben«, sagte er zu Alyssa.

Das ist leichter gesagt als getan, wollte John anmerken. Er hatte so etwas schon einmal erlebt. Die Pyramide würde ihnen nicht einfach die Türen in die Freiheit öffnen, solange sie ihren wertvollsten Besitz bei sich trugen. Die Wächter, wo sie auch sein mochten, würden das niemals zulassen. Sie waren stark und gut koordiniert. Ihre Fähigkeiten als Krieger waren herausragend, ihre Gene absichtlich eingepflanzt, sodass sie tödlich und effizient waren. Noch dazu hatten die SEALs nicht mehr als einige nutzlose Gerätschaften, die sie als Waffen bezeichneten, die aber im großen Ganzen betrachtet nur Pusterohre waren.

John drehte sich zu Alyssa um. Sie sah ihn an. Sie wussten beide, was als Nächstes kommen würde.

»Um in den Himmel zu gelangen«, sagte John schließlich zu Percival, »muss man durch die Hölle gehen.«

»Was immer das auch bedeuten soll«, sagte Percival. »Ms. Moore sagte das bereits.«

»Es bedeutet, dass wir vor einer großen Aufgabe stehen. Sie wird nicht leicht sein. Tatsächlich könnte sie sogar nahezu unmöglich zu bewältigen sein. Aber nur weil es ›nahezu unmöglich‹ ist, heißt das nicht, dass wir gar nichts tun können. Es misst nur den Schwierigkeitsgrad, richtig?«

»Hören Sie auf, um den heißen Brei herumzureden, Mann! Kommen Sie zum Punkt!«

»Der Punkt ist, Percival, dass wir vor einem Kampf stehen. Die Statuen. Die beweglichen Wände. Dieser Ort erwachte zum Leben, um seine Geheimnisse zu verteidigen. Und in diesem Moment sind die größten Hindernisse garantiert auf dem Weg zu uns. Wir müssen diese Tafel hier rausbringen und sie entschlüsseln. So viel ist klar. Aber unklar ist, welche Schwierigkeiten uns als Nächstes erwarten. Seien Sie versichert, Percival, dass *die* unterwegs sind. Und so sicher, wie wir diese Tafel in Händen halten, werden sie tun, was immer sie müssen, um sie zurückzuholen.«

Percival sah zur Tafel, diesem Heiligen Gral zur Rettung der Menschheit. Dann befahl er seinem SEAL-Team, die Spitze zu übernehmen, Waffen vorne und in der Mitte, und gemäß der Annäherung feindlicher Kräfte zu handeln. Es würde keine Gnade mehr geben, keine Zeit bleiben, abzuwägen, ob ihre Widersacher leben oder sterben sollten. Alle Zielpersonen sollten mit äußerster Härte eliminiert werden.

Es wurden keine Fragen gestellt. Die SEALs handelten mit der Überzeugung von Maschinen.

Alyssa konnte nicht anders, als sich zu wundern, ob sie überhaupt etwas anderes waren, da sie sie nicht einmal hatte sprechen hören.

Während sie weitergingen, drehten sie andauernd die Köpfe auf der Suche nach einem Ausweg hin und her.

Irgendwann sollten sie einen finden.

Doch wie John Savage gesagt hatte: *Diese Pyramiden wurden so konstruiert, dass sie uns nach dem Willen ihrer Erschaffer führen und leiten.*

Und so sollte ihre Flucht nicht ohne Konsequenzen sein.

–23–

Es gab weitere Tunnel und scheinbar endlose Korridore, die zum Zweck der Verwirrung und Desorientierung geschaffen worden waren. Doch wie alle anderen Tunnel vor ihnen führte auch sie schließlich zu einer zentralen Kammer.

Alyssa und ihre Gefährten erreichten die untere Ebene der dritten Pyramide. Dieser Bereich galt als Inkubator für die Neue Art: Alles in allem waren mehr als zwanzigtausend lebenserhaltende Kapseln über die Fläche von drei Ebenen verteilt.

Auf der mittleren Ebene befand sich der Antrieb, der die Bewohner am Leben hielt. Es war das Herzstück der Anlage, eine perfekte Kugel aus Obsidianglas von der Größe eines VW-Käfers, die, der Schwerkraft trotzend, etwa zwei Meter über dem Boden schwebte und langsam rotierte. Sie war in einem Winkel von 23,5 Grad geneigt, ganz genau wie die Erde.

Der gesamte Bereich war elektrisch aufgeladen. Ein Geräusch wie von einem Generator, der unter einem gleichmäßigen Brummen Energie erzeugte, erfüllte die Kammer, gemeinsam mit dem Pochen eines schlagenden Herzens.

Ringsumher standen reihenweise Kapseln, deren saphirblaues Licht rhythmisch aufleuchtete und wieder verblasste. Die Mikroben im Fruchtwasser pulsierten und flackerten mit jedem gemäßigten Herzschlag der Kugel auf.

Vor der rotierenden Kugel stand ein Podium, ebenfalls aus schwarzem Kristall hergestellt. Es hatte eine

Puzzlestück-Aussparung, die ausgefüllt werden musste, um sie zu vervollständigen.

Alyssa trat näher ans Podium, um es genauer zu betrachten. Um sie herum leuchtete der Raum saphirblau auf.

Sie studierte das fehlende Stück der Bühne und fragte sich, ob es einen alten Text gäbe, der in die Mulde eingepasst werden musste. Die Ränder waren nicht gerade, sondern leicht kurvig, mit abgerundeten Ecken.

Percival hielt sein Messer in der Hand, weil sein sechster Sinn so stark reagiert hatte, dass er seinen Selbsterhaltungstrieb aktiviert hatte. Er hatte das Gefühl, dass sie nicht allein waren. Irgendwo auf dieser Ebene beobachtete sie jemand aus weit entfernten Schatten. Das spürte er.

»Ms. Moore, ist das das Labor, das sie meinten? Die Aufzuchtstation?«

Sie nickte. »Ähnlich wie in Eden«, antwortete sie. »Aber nicht ganz.« Sie zeigte auf die rotierende Kugel.

»Und was ist die gute Nachricht an der Sache, falls es eine gibt?«, fragte Percival so suggestiv, dass deutlich wurde, dass er nach Hoffnung suchte.

»Es wird drei Ebenen geben«, antwortete John. »Wir sind auf der mittleren. Und das da ist die Lebenskraft.« Er deutete mit dem Kinn auf die Kugel. »Wenn wir die zerstören, zerstören wir alles, mitsamt all der Macht, die diese Stadt besitzt … Aber das wäre nicht im Interesse des Pentagons, nicht wahr?«

»Das Interesse des Pentagons, Mr. Savage, oder seine eventuellen Pläne bezüglich dieser Technologie, stehen weder zur Diskussion noch zur Debatte. Also … gibt es einen Weg hier raus oder nicht?«

John nickte. »Es wird Rampen geben, die uns zur Spitze der Pyramide bringen. Die aufwärts führenden Tunnel und Korridore stehen symbolisch für den Aufstieg der neuen Rasse. Sobald sie ihre Kapseln verlassen haben, wie Schlüpflinge ihre Eier, werden sie sich auf den Weg zum Ausgang oben machen und den Planeten besiedeln.«

»Das wird ziemlich schwer, wenn man bedenkt, dass sie sich so tief unter der Meeresoberfläche befinden, meinen Sie nicht? Sie sind schon jetzt dem Tod geweiht. Warum sollten wir ihr Leben dann nicht gnadenvoll beenden?«

Percivals Kommentar war so gefühlskalt, dass Alyssa sich fragte, welchen Platz sie in dieser Verschwörung um das Abwenden des Schicksals der Menschheit einnahm. Der Lieutenant Commander klang, als wäre der Genozid bereits mit den führenden Köpfen besprochen und beschlossen worden, als wolle man die Neue Art mit einem wunderlichen Entzücken exekutieren.

Percival musterte den Bereich. Sein sechster Sinn verpasste ihm einen unangenehmen Stich. »Ich halte es für das Beste, diesen Ort hier zu verlassen«, sagte er schließlich. »Wir haben die Wesen lokalisiert, also ist die Mission abgeschlossen. Wenn es oben einen Ausweg gibt, wie Sie vermuten, dann schlage ich vor, dass wir uns in Bewegung setzen, ja?«

Alyssa betrachtete die Bühne und legte den Kopf schief wie ein ratloser Welpe. Ihr Verstand arbeitete ganz eindeutig. Und dann fiel es ihr wie Schuppen von den Augen. Die ausgeschnittene Form ähnelte der Tabula Smaragdina. »Natürlich«, flüsterte sie und wiederholte es dann lauter. »Natürlich!«

Sie ging zu dem Soldaten, der die Tafel trug, löste die Gurte und ging mit ihr zum Podium. Sie bat John um Hilfe. Ihm war sofort klar, was sie vorhatte. Gemeinsam hoben sie die Tafel an und setzten sie als fehlendes

Puzzlestück ein. Die Kanten der Tafel stimmten perfekt mit den Innenkanten des Podiums überein. Sobald sie richtig saß, begann sie zu leuchten. Ihr Smaragdgrün glühte gleißend. Der Edelstein verströmte eine Farbaura, die die Saphirblaue übertraf.

Plötzlich wurde die Kugel zu einer Karte, zu einem Atlas. Kartografische Linien erschienen, vergleichbar mit den Kontinenten, aber zugleich auch anders. Die Küstenlinien schienen ähnlich den heutigen zu verlaufen, aber die Unterschiede waren deutlich. Der südöstliche Teil Nordamerikas erstreckte sich bis tief in den Atlantik, und Atlantis war so groß wie South Carolina. Der Golf von Mexiko wirkte viel schmaler als heutzutage. Auch Europa erstreckte sich viel weiter in den Atlantik hinein und kein Kanal trennte Großbritannien vom Festland ab.

»Was ist das?«, fragte Percival.

»Das wurde erschaffen, bevor die Polkappen zu schmelzen begannen«, antwortete Alyssa. »Das beweist, dass Atlantis schon viel länger als zwanzigtausend Jahre hier ist. Dass es schon hier war, bevor die Polarschmelze die Ufer und Landschaften umgestaltete. Diese Karte zeigt Atlantis auf dem Höhepunkt seiner Herrschaft als Supermacht.«

Die Rotation der Kugel zeigte Linien und Grenzen aus einer Zeit, als sich die Atlanter und der Neandertaler den Planeten geteilt hatten. Und dann begann ein winziges Licht im innersten Kern der Kugel zu pulsieren. Aus diesem staubkorngroßen Licht verteilten sich haarfeine Linien explosionsartig, um gewisse Punkte auf der Erdoberfläche zu markieren, die grün aufleuchteten.

Es waren Markierungen, die alle fortschrittlichen Zivilisationen auf der Welt identifizierten, eine Zeichnung, die bestehende oder zukünftige Satellitenstationen abbildete, die die Nachfolger ausbrüten würden. Es gab mehrere in ganz Amerika, hauptsächlich, wo die Zivilisationen der Maya und Azteken existiert hatten. Die Nazca-Ebene und die Osterinsel. Atlantis zu einer Zeit, als es auf trockenem Land gelegen hatte. Das Königreich Eden. Punkte leuchteten in der Antarktis auf, einem Land unter dem Eis. Dann in Stonehenge und in Ägypten und in der Türkei und an vielen anderen Punkten, die jetzt unter dem Meer verborgen lagen.

»Das ist es«, sagte Alyssa. »Das ist eine Karte, die uns verrät, wo die Satellitenstationen vor der Polarschmelze lagen oder errichtet werden sollten.« Sie betrachtete die Tafel, ihr Gesicht grün in ihrem Schein, dann sah sie wieder zur Kugel. »Das alles steht auf der Tabula Smaragdina«, sagte sie. »Sie ist ein Speicher, der alle Sprachen und Informationen enthält, nicht nur über Atlantis, sondern über *alle* einst bedeutenden Zivilisationen auf der gesamten Erde. Sie ist eine vollständige historische Akte.«

Sie stand einen Moment lang reglos neben der Tafel, ehe sie mit dem Finger über einige Symbole und Buchstaben strich.

Als Holografien über der Tafel auf dem Podium erschienen, trat sie mit einem Ausdruck des Staunens und der Verblüffung zurück. Ihre Augen sogen alle Bilder auf. Sie erblickten Dinge wie die mathematischen Gleichungen, welche die Türen zum Verständnis der Konzepte von Zeit und Raum aufstoßen würden, Themen, die die Menschheit erst noch auf rudimentärster Ebene ankratzen musste. Es gab Bilder von gekrümmtem Licht. Die Möglichkeit, Wurmlöcher zu entwickeln, um Wege zu erzeugen, die große Distanzen verringerten. Die heute bekannte Physik gälte unter dem Aspekt der Realität als hinterwäldlerisch. Hier befand sich der Leitfaden zu allem, von der Schöpfung bis hin zu großen Errungenschaften – spirituell, mental und physisch.

Dann verblassten die Bilder, genauso wie die Markierungen auf der Oberfläche der Kugel und die kartografischen Konturen der Kontinente eines uralten Planeten.

Die Tafel auf dem Podium begann sich zu verdunkeln und ihren Glanz zu verlieren, und das Licht erlosch. Die Magie war verschwunden. John nahm die Tabula Smaragdina heraus und gab sie dem Soldaten zurück, der sie wieder an seinem Tank befestigte.

Percival glaubte, dass Alyssa mit ihren Vermutungen über die Tafel richtig lag. Was man diesem Juwel entnehmen konnte, war unbezahlbar. Wenn sie die Daten aus dem Speicher dieses Edelsteins erst einmal ausgelesen hatten, gäbe es keine Grenzen für den militärischen Gebrauch. Oder die Nutzung der damit verbundenen Perlen der Weisheit, die über Jahrtausende des Lernens gesammelt worden waren. Sobald Percival den Wert der Tafel erkannte, wies er seinen Soldaten an, *äußerst* vorsichtig damit umzugehen.

Der Soldat nickte.

Erneut fragte sich Alyssa, ob einer dieser Männer überhaupt eine Zunge besaß. Kein einziges Mal hatte sie einen der SEALs sprechen oder einen Laut von sich geben hören, keine Antwort, ob zustimmend oder verneinend. Sie reagierten schlicht pflichtbewusst wie Maschinen und wirkten genauso kalt.

Nachdem er die festgebundene Tafel und die Sauerstofftanks auf seinen Rücken gehoben hatte, zeigte der

SEAL einen erhobenen Daumen. Wieder wurde kein Wort gesprochen. Es gab nur diese Geste.

»Ms. Moore, angesichts der Ähnlichkeit mit Eden, wie weit ist es wohl bis zur Spitze?«, fragte Percival.

Sie sah zu John. Und gemeinsam bestimmten sie die Entfernung. Die dritte Pyramide war immer die kleinste, also betrug die Entfernung mindestens die halbe Länge der ersten. »Wenn wir nicht mit Hindernissen fertig werden müssen, würde ich sagen, sechzig Meter.«

»Hindernisse. Sie meinen natürlich die Wächter«, sagte Percival.

Sie zuckte die Achseln. »Nicht nur die. Es könnte alles sein … Aber den Gedanken, dass sie in der Nähe sind, würde ich gewiss auch nicht verwerfen.«

»Ms. Moore, ich denke, dass sie auch damit recht haben.« Dann wandte er sich an John und zeigte ihm sein KA-BAR und den Hochglanz seiner Klinge, die im Licht der Kapseln um sie herum saphirblau leuchtete. »Können Sie sie spüren, Mr. Savage?«

John rührte sich nicht. Und die Tatsache, dass er überhaupt nicht auf Percival reagierte, erregte Alyssas Aufmerksamkeit, zusammen mit tiefer Sorge.

»John«, sagte sie.

Percivals Blick huschte suchend von Schatten zu Schatten, zu den schwarzen Schleiern links von ihnen, dann nach rechts. Er spürte, dass sie aufmerksam beobachtet wurden. Dann sagte er zu John: »Sie waren mal Soldat, Mr. Savage. Ein SEAL. Und ein Elitesoldat verliert nie das Gefühl für eine gefährliche Präsenz, die sich nähert, nicht wahr?«

John drehte sich zu Alyssa um und bemerkte die Sorge und die Angst vor dem, was passieren würde, in ihrem

Blick wachsen. Er streckte die Hand nach ihr aus, griff sanft nach ihrem Unterarm und schenkte ihr ein aufgesetztes Lächeln. »Du weißt, dass alles gut gehen wird«, sagte er zu ihr.

Er hielt das Lächeln aufrecht, das sie beruhigen sollte, aber das Gegenteil bewirkte. Sie kannte John in- und auswendig. Wann immer er, wie jetzt, ein Lächeln vortäuschte, war das kein gutes Zeichen. Tatsächlich war es üblicherweise tragisch.

»John.« Mehr brachte sie nicht hervor.

Dann sagte Percival zu seinen SEALS: »Bereitmachen, Jungs. Wir sind nicht allein.«

Augenblicklich setzten die Soldaten ihre Harpunenwerfer mit den Hochexplosionsspitzen, die beim Aufprall detonieren würden, an. Gemeinsam blieben den beiden jedoch nur fünf Speere, fünf Sprengkörper.

Percival konfrontierte John Savage. »Können Sie sie spüren?«, wiederholte er, und es klang mehr wie eine Feststellung als eine Frage.

»Sie sind noch nicht lange hier«, räumte der ehemalige SEAL ein. »Aber ja. Ich kann sie spüren.«

Das war definitiv nicht das, was Alyssa hören wollte, weil ihr bewusst war, dass der Feind im eigenen Gebiet immer einen Vorteil besaß. Und sie waren nicht auf Augenhöhe. Die Wächter kannten die Dunkelheit so gut wie das Licht, während sie und die anderen nur das Licht kannten und die Dunkelheit umgingen.

Doch Percival glaubte, mithilfe seiner technischen Spielereien faire Bedingungen schaffen zu können.

Percival schob sich seine Vollmaske vors Gesicht, schaltete den Nachtsichtmodus ein und schlug John und Alyssa vor, das Gleiche zu tun. Alle Visiere färbten sich grün. Und die Schatten in der Umgebung wurden schwächer und weniger furchteinflößend.

Doch dieser Vorteil wurde ihnen umgehend entrissen.

In einem Akt mutwilliger Grausamkeit schossen reihenweise blaue Blitze aus der Oberfläche der Kugel, trafen die Schaltkreise der Nachtsichtmasken und legten ihre Anschlüsse und Relais vollständig lahm. Keine Haare waren verbrannt, keine Gesichtshaut, denn die Ladungen trafen die Schaltkreise direkt. Die Dichtungen blieben vollständig intakt und die Masken waren weiterhin unterwassertauglich.

Percival riss sich die Maske über den Kopf. »Verfluchte Scheiße!«, rief er. »Geht es allen gut? Ist jemand verletzt?«

Das war niemand.

Und in diesem Moment erkannten sie die wahre Macht und Natur von Atlantis.

Es spielte einfach nur mit ihnen.

–24–

Sobald sich das zweite Team versammelt hatte, schickte Paul Scott es los.

Sie kannten den Grundriss der Tunnel von der Überdruckkammer aus, wussten, welche Abzweigungen sie zur Kammer der Kristallschädel führen würden.

Der Teamleiter war ein Kommandant einer SEAL-Einheit, die verdeckte Operationen an den Fronten des Nahen Ostens durchgeführt hatte, zuletzt im Jemen und in Syrien. Die Einheit bestand aus fünf kampferprobten Veteranen, die die Kunst des Krieges beherrschten.

Auf ihrem Weg durch die Tunnel waren sie auf Aale und einen Cephalopoden gestoßen, vielleicht den Oktopus mit dem neugierigen blauen Auge. Sie schwammen ungehindert weiter, bis sie den Wasservorhang erreichten, der den Tunnel von der Kammer trennte.

»Einsatzzentrale, können Sie mich hören?« Das kam vom Teamleiter Alpha.

Scott antwortete: *»Laut und deutlich.«*

»Wir sind an der Kammer.«

»Verstanden.«

Alpha betrat den großen Raum durch die Wand aus Wasser. Sein Team folgte ihm. Von ihren Anzügen tropfte Meerwasser auf den Kammerboden. Sie streiften ihre Schwimmflossen ab, um sich besser bewegen zu können, und packten dann ihre Sturmwaffen aus wasserdichten Beuteln aus.

»Einsatzzentrale«, funkte Alpha, »empfangen Sie noch unsere Vitalzeichen?«

»*Positiv*«, sagte Scott.

Alpha bemerkte die vom ersten Team auf dem Boden versammelten Schwimmflossen. Er verbannte sie aus seinen Gedanken, während er die Details des Areals begutachtete.

Die Wände waren mit einer selbst erzeugten Energie erfüllt, die den gesamten Boden erhellte, eine riesige Fläche, die einem die Sprache verschlug und Ehrfurcht einflößte. Kristallschädel standen zu Tausenden, vielleicht zu Zehntausenden, auf Sockeln aufgereiht. Jede einzelne Skulptur versprühte eine schillernde Aura, die Energie ausstrahlte und die Luft auflud.

»Vorsichtig«, sagte Alpha zu seinen Teamkollegen. »Wir wissen nicht, wozu diese Dinger fähig sind.«

Ihre Mission bestand aus zwei Teilen. Drei Kämpfer würden als Aufklärungseinheit weitergehen. Die zweite Einheit würde zurückbleiben und einige Schädel sicherstellen, die in einer kontrollierten Umgebung untersucht werden sollten, vorzugsweise am Groom Lake in Nevadas Area 51.

»Bereitmachen«, sagte Alpha. »Die Flossen bleiben hier. Wir gehen zu Fuß, damit wir beweglicher sind.«

Delta und Epsilon schlossen sich Alpha an und gemeinsam machten sie sich auf den weiten Weg zu der Öffnung am anderen Ende der Kammer.

Gamma und Omega sollten zurückbleiben und ein Feld voller Kristallschädel durchstöbern.

Paul Scott überwachte von der Kommandozentrale aus jeden Fingerschlag seines Teams. Alle Konsolen und Tastaturen waren besetzt. Informationen wurden in den Großrechner eingetippt. Sie schauten auf mehrere

Bildschirme mit verschiedenen Liveübertragungen. Auf einem war die Helmkamera zu sehen, die sich in der Ecke von Alphas Maske befand, ein stecknadelkopfgroßes Kameraloch, das über die nötige Technologie verfügte, um ein weites Umfeld in hochauflösender Klarheit zu erfassen.

Omega in der Kammer der Kristallschädel verfügte über die gleiche Ausrüstung. Im Moment funktionierten beide Kameras perfekt. Bis jetzt gab es keine Fehlfunktionen oder durchgebrannten Schaltkreise.

Auf einem dritten Bildschirm wurden die Vitaldaten angezeigt, die Herz- und Pulsfrequenz, Blutdruck und Sauerstoffgehalt des Blutes überwachten. Alles schien normal zu sein.

Dann erklang Alphas Stimme über die Lautsprecher der Kommandozentrale: *Bereitmachen. Die Flossen bleiben hier. Wir gehen zu Fuß, damit wir beweglicher sind.*

Alphas Kopfkamera zeichnete Bilder einer Kammer auf, die voller Kristallskulpturen von menschlichen und halbmenschlichen Schädeln war.

Die Reise hatte begonnen.

Und Paul Scott konnte nichts anderes tun, als auf ein viel besseres Resultat als bei der ersten Einheit zu hoffen.

–25–

Der einzige Vorteil, den Percival und seine Gefährten besaßen, war ihr natürlicher Instinkt, mit dem sie sich zwischen den Kapseln hindurchbewegten. Blaues Licht pulsierte und glühte stetig, während die Mikroben die Bewohner im Inneren ernährten und ihnen Leben spendeten.

Es gab gleichmäßig viele Männer und Frauen, einen Partner für jeden Nachfolger. Sie besaßen Genitalien und Fortpflanzungsorgane. Sie verfügten außerdem über eine ungewöhnliche Muskelmasse, hatten kaum Fett am Leib und besaßen ein rundum athletisches Aussehen. Die gesamte Rasse hatte keine Haare, weder die Männer noch die Frauen. Ihre Haut war glatt und wächsern, eine Textur wie von Seife.

Die beiden mit Harpunenwerfern bewaffneten SEALs übernahmen die Führung und hielten jeweils Ausschau nach einem Zugang zu den oberen Ebenen. Alyssa ging in der Mitte der Gruppe. John und Percival bildeten das Schlusslicht.

Auf der Suche nach einem Fluchtweg hatten sie die Kugel weit hinter sich gelassen. Ihnen war bewusst, dass sie nicht allein waren. Ihre Nachtsichtmasken waren unbrauchbar gemacht worden. Jetzt schienen die Schatten ein Eigenleben entwickelt zu haben, denn dunkle Gestalten bewegten sich in der Dunkelheit, spottend, ließen Percival wissen, dass sie da waren, ihr Spiel ganz in der Nähe spielten.

Die Gestalten wirkten schemenhaft, veränderten ständig ihre Form, ohne zweimal dieselbe anzunehmen.

Und dann waren sie verschwunden, tiefer in die Schatten gewichen.

Percivals Gruppe folgte weiter dem äußeren Rand der Kammer, hielt sich dicht an der Wand.

Irgendwann erreichte Alyssa eine Kapsel, in der sich eine fast zweieinhalb Meter große Frau befand – vielleicht nicht ganz; die Frauen waren kleiner als die Männer –, die sie direkt ansah. Ihre Augen waren von Natur aus riesig, mit großen und wunderschönen Iriden, die so blau waren, wie die Nährlösung, in der sie schwebte.

Sie war die schönste Frau, die Alyssa je gesehen hatte. Ihre Züge waren perfekt. Alles an ihr war perfekt. Eine Stufe besser als der heutige Mensch und doch vollkommen menschlich, bis aufs letzte Molekül. Und wenn sie lächelte, tat sie das nicht mit Bosheit, sondern mit purer Güte. In diesem Moment begriff Alyssa, dass diese Wesen keinen Funken Grausamkeit in sich trugen und alles andere als fähig waren, Gräueltaten zu begehen.

Alyssa blieb stehen und betrachtete die Frau, die sich ihrer Umgebung bewusst zu sein schien. Sobald Alyssa ihre Handfläche an die Glaswand legte, die sie voneinander trennte, tat die Frau es ihr nach. Ihre Hand schwebte langsam und träumerisch nach oben, bis sie ihre Handfläche gegen Alyssas legte. Es gab kein kribbelndes Gefühl, keinen elektrischen Schlag. Es gab keine Magie. Es war schlicht eine Verbindung zwischen zwei Menschen, eine Bestätigung, dass der andere existierte.

Plötzliche Kälte umfing Alyssas Herz, eine tiefe Traurigkeit. Diese Wesen waren dem Tod geweiht, die Opfer eines bevorstehenden Genozids, weil Alyssas Rasse schon immer Angst vor dem gehabt hatte, was sie nicht verstand. Ihre Handflächen blieben auf dem Glas liegen,

Hand über Hand, und die Verbindung zwischen ihnen bekam etwas Symbiotisches mit einem gemeinsamen Hang zur Fürsorge.

Keiner von euch besitzt die Fähigkeit, sich zu verteidigen, dachte Alyssa. Keiner von euch kann sich gegen das, was kommt, wehren ... weil das nicht in eurer genetischen Veranlagung liegt.

Dann wurde das Lächeln der Frau langsam schwächer. Vielleicht spürte sie Alyssas plötzlichen, überwältigenden Kummer.

»Ms. Moore«, sagte Percival, »ich unterbreche ihr kleines Techtelmechtel ja nur ungern, aber bitte halten Sie mit der Vorhut mit. Wir dürfen sie auf keinen Fall verlieren.«

Sie drehte sich um und erkannte, dass die Vorhut ihnen weit voraus war und die Waffen gehoben hatte. Sie beeilte sich, die Lücke zu schließen. Ein Mal blickte sie über die Schulter zurück und sah, dass die Nachfolgerin woanders hinschaute. Der gemeinsame Moment war vorbei gewesen, sobald sich ihre Handflächen vom Glas gelöst hatten.

Das sind Menschen, sagte sich Alyssa immer wieder. *Das sind Menschen.* Immer und immer wieder wiederholte sie das in ihrem Kopf, wie ein Mantra.

... Das sind Menschen ...

... Das sind Menschen ...

Sie betrachtete die auf dem Rücken des SEALs befestigte Tabula Smaragdina. Sie war der Schlüssel, der dem Militär die Geheimnisse des Universums liefern würde. Und dieser Informationsreichtum würde höchstwahrscheinlich die Evolution der Menschheit beschleunigen. Gleichzeitig war ihr klar, dass sie der Schlüssel zur

Zerstörung der neuen Rasse wäre, sobald alle Informationen aus der Kugel gesammelt und eingehend analysiert worden waren. Und danach wären die Kugel und die Bewohner dieser Stadt überflüssig.

Game over.

Ohne den Schlüssel zur Tabula Smaragdina würden sich die Beamten des Pentagons blindlings daran versuchen, die Sphäre in Gang zu setzen, um ihr ihre Geheimnisse zu entreißen. Und Alyssa wusste, dass diese Einrichtung niemals zulassen würde, dass ihre gespeicherten Erinnerungen untersucht werden.

Wieder einmal stand Alyssa an einem Scheideweg. Sie schwankte, was sie aus moralischer Sicht tun sollte: Die Tafel benutzen, um die Menschheit zu retten, oder das Ende der neuen Art ermöglichen.

Doch es gab noch eine dritte Option.

Könnten wir Frieden miteinander aushandeln?

Sie dachte rasch über die Auswirkungen dieser Idee nach.

Als der weiße Mann die Küste Amerikas erreichte, rottete er die amerikanischen Ureinwohner aus, nur um die wenigen, die in kleinen Gebieten lebten, in Armut zu halten. Andere Eroberer, die neue Länder entdeckten, taten dies mit dem Schwert und zu Pferde. Sie eroberten neues Land und versklavten diejenigen, deren Technologie ihrer nicht gewachsen waren.

Da die Neue Art nicht in der Lage wäre, sich zu wehren, weil ihre Natur dergestalt verändert worden war, würde sie von der gegenwärtigen Art unterjocht werden, denn es ist nur natürlich, dass sich die Starken von den Schwachen ernähren.

Alyssa hatte sich in ihrem Leben noch nie so wertlos und schwach gefühlt. Sie war immer stark und unabhängig gewesen, hatte sich Gedanken über das Wohl aller gemacht. Und doch stand sie hier und fühlte sich gezwungen, ein Ziel zu unterstützen, das zu *ihrer* Rettung führen würde, indem eine gesamte Rasse ausgelöscht wurde. Mit ihrer Übersetzung der Tafel würde sie zur Retterin der Menschheit werden, eine Heldin, jemand, den man verehren und auf ein Podest stellen würde, weil sie einen bevorstehenden Krieg zwischen *uns* und *denen* abgewendet hätte. Doch der Preis dafür wären ihre Seele und ihre moralischen Werte.

Sie spürte, wie sich ein schwerer Kloß in ihrem Hals bildete. Diese dunkle Retterin wollte sie nicht sein. Sie wollte nicht die Last der Schuld auf den Schultern tragen. Sosehr sie sich auch wünschte, die Tafel zu entschlüsseln und ihre Geheimnisse zu erfahren, so klar war ihr auch, dass sie es nicht konnte, obwohl die Tafel die Evolution der Menschheit exponentiell vorantreiben konnte. Die Tabula Smaragdina war zur Büchse der Pandora geworden und ihre Geheimnisse freizulassen, würde zugleich ihre Dämonen freilassen.

Sie begriff jetzt, dass sie die Tafel loswerden mussten, weil sie nicht der Segen war, der sie sein sollte. Das Militär würde andauernde Fehleinschätzungen machen, indem es diesen Segen zum Wohl der Kriegsführung einsetzte.

Das Team bewegte sich weiter durch die Schatten.

– 26 –

Die Wächter hatten sich in der Nähe postiert und sich tief in den Schatten gehalten. Ein Kampf zu nahe an der Kugel kam zu diesem Zeitpunkt nicht einmal in Betracht, da eine mögliche Beschädigung katastrophale Folgen haben könnte. Trotzdem hielten sie ihre Waffen bereit, während sie darauf warteten, dass sich die Mitglieder der Alten Art vom Herzen entfernten.

Als die Alte Rasse tiefer in die Kammer vordrang, schlossen die Wächter auf. Die Schatten waren ihre Verbündeten. Sie drängten weiter, bewegten sich manchmal in den Rand des Lichts hinein, wo die leuchtenden Kapseln ihren Feinden gelegentliche Blicke auf ihre Position ermöglichten, bevor sie sich wieder in den Schutz der Dunkelheit zurückzogen.

Die Alte Art bewegte sich mit der Absicht weiter, einen Fluchtweg zu finden.

Und die Wächter folgten ihnen. Jeder von ihnen wartete auf den Moment, mit wildem Blutdurst zuzuschlagen, denn darauf waren sie programmiert: das Alte zu zerstören und das Neue einzuleiten.

In den Schatten der gebündelten Dunkelheit hielten sie Schritt. Der Abstand zwischen ihnen verringerte sich, je weiter sie sich von der Kugel entfernten. Jetzt konnten die Wächter die Angst in den kleinen Schweißtropfen riechen, die so reich an verräterischen Hinweisen auf den Gefühlszustand eines Menschen waren. Auch ihr Gehör war hoch entwickelt – sehr scharf, um genau zu sein. Das Geräusch des mit hoher Geschwindigkeit durch die

Adern der Alten Art fließenden Bluts, der schnellen, harten Herzschläge, war Musik in ihren Ohren.

Der Abstand zwischen ihnen verringerte sich immer schneller. Der Kampf zwischen ihnen würde bald beginnen. Blut würde vergossen werden.

Dann, so blitzschnell, dass es kaum zu begreifen war, stürmte ein Wächter aus den Schatten, die scharfe Klinge seiner Hellebarde hocherhoben.

–27–

Alpha führte sein Team in die Tunnel.

Sie waren gut mit MP7-Maschinenpistolen gerüstet. Die Wände auf ihrem Weg waren beleuchtet, wenngleich das Licht nur schwach war und lange Schatten auf den Boden warf.

Als sie den Verbindungsgang erreichten, der zur zweiten Pyramide führte, entdeckten sie Statuen aus schwarzem Obsidianglas, ungefähr drei Meter hoch, die sich mit gut choreografierten Bewegungen auf kreisförmigen Plattformen drehten und drehten.

»Was zum Teufel ist das?«, sagte Epsilon kaum lauter als im Flüsterton. Ihre Bewegungen schienen ihn eher neugierig zu machen, als ihn zu verwirren.

Die Statuen flitzten verschwommen umher, tanzten einen wilden Tanz, der schön und tödlich zugleich war. Die Spitzen ihrer Klingen und die Schneiden ihrer Schwerter schlugen auf der Suche nach etwas, dass sie treffen konnten, um sich. Manchen der Statuen fehlte der obere Teil von der Hüfte aufwärts, was auf die mit Sprengstoff versehenen Speerspitzen zurückzuführen war. Trotzdem drehten sich ihre Sockel weiter problemlos mit dem Rest der Gruppe in den Fugen.

Dann bemerkten die Männer die roten Blutspritzer an der Wand und die Muster, die entstanden waren, als die Körper wie in einem Häcksler zerkleinert und umhergeschleudert worden waren. Rote Fleischbrocken klebten an den Wänden. Fünfcentstückgroße Hautfetzen lagen auf dem Boden verstreut.

»Ich denke, wir können mit Sicherheit behaupten, zu wissen, was mit Team Eins passiert ist«, sagte Alpha. Er bedeutete seinem Team, sich zurückzuziehen, was es auch tat, langsam und nach allen Richtungen Ausschau haltend.

Dann sagte Alpha in sein Lippenmikrofon: »Einsatzzentrale, hier Teamlead, hören Sie mich?«

Paul Scott: *»Wir hören. Wir empfangen die Bilder von Ihrer Kamera hier deutlich.«*

»Wir ziehen uns unter der Annahme, dass Team Eins es nicht über diesen Punkt hinaus geschafft hat, zurück. Team Alpha wird eine Umgehung durch einen anderen Korridor suchen und weiter vordringen.«

»Verstanden.«

Mit vorwärts gerichteten Waffen wichen sie langsam von den Statuen zurück, die weiter ihre tödlichen, wilden Bögen tanzten.

Alphas Team würde nach einem anderen weiterführenden Weg suchen.

Aber Atlantis wollte spielen.

Und das nicht auf die nette Tour.

– 28 –

Gammas Aufgabe bestand darin, einen Kristallschädel zur eingehenden Untersuchung und der Entschlüsselung seiner Energiequelle zu überbringen. Es gab Schädel, die wie Menschen geformt waren, diejenigen, mit offensichtlich abgerundeten Formen. Aber die Schädel, die die Neugier der Wissenschaftler am meisten reizten, waren die länglichen. Obwohl sie Ähnlichkeiten mit ihren menschlichen Gegenstücken aufwiesen, gab es doch auch Unterschiede. Die Hinterköpfe waren ausgeprägter und elliptisch geformt. Ihre Augenhöhlen waren größer, wenn auch nur geringfügig. Und ihre Wangen wirkten eingefallener und die Kiefer etwas kantiger.

Die Kammer war vom wespenhaften Summen der Energie, die von den Kristallen aufstieg, erfüllt. Die Männer konnten die Ladungen in der Luft spüren, fühlen, wie sich die Haare unter ihren Anzügen aufrichten wollten. Es war bereichernd, weil die Energie, die die Schädel abgaben, auch ihre eigenen Energiereserven auffüllte.

Gamma musste nicht weit gehen, bis er einen Schädel fand, in dessen Mitte ein glühender Funke aus schillerndem Licht erstrahlte. Das Funkeln ähnelte einem facettenreichen Diamanten, das sich drehte und drehte und dabei bunte Strahlen aus dem Kern des Schädels aufleuchten ließ.

Der Moment hypnotisierte Gamma. Er fixierte den Blick auf das Zentrum des Schädels.

Er funkelte. Er glitzerte. Und das Summen, das von ihm ausging, war wie eine mythenhafte Sirene, die ihn mit einem Säuseln aufforderte, näherzukommen. Er beugte sich vor. Das Summen wurde lauter, die Melodie lockte ihn, köderte ihn. Seine Augen blieben wie gebannt auf den Schädel gerichtet. Er wurde in seinen Bann …

»Hebst du das verdammte Ding wohl endlich auf?«, sagte Omega. »Es ist nur ein Stück Glas. Es wird dich nicht beißen.«

Gamma blinzelte und der Bann war gebrochen.

Gamma legte einen wasserdichten Rucksack neben den Sockel des Schädels auf den Boden und griff nach der Skulptur. Sie fühlte sich warm an. Kleine statische Entladungen verursachten jenes Prickeln in den Händen, das man normalerweise verspürt, wenn bestimmte Gliedmaßen eingeschlafen sind.

Als er ihn von seinem Sockel hob, wurde Gamma klar, dass Omega sich geirrt hatte, als er sagte, der Schädel würde nicht beißen.

Er tat es.

Und zwar fest.

Gerade als sich das Alpha-Team bis zum Ausgang zurückgezogen hatte, schloss sich die Tür hinter ihnen. Eine dicke Wand aus einem unbekannten Komposit hatte ihr Weiterkommen blockiert. Es gab keinen Weg zur ersten Pyramide zurück und keinen Weg in die zweite Pyramide hinein.

Hinter ihnen war eine solide Wand und vor ihnen lebende Statuen.

Etwas hatte Atlantis provoziert.

Und jetzt war es wütend.

Elektrische Blitze rasten in Bögen von einem Kristallschädel zum anderen. Die Ladungen bildeten ein elektrisches Netz, das sich durch die Kammer zog.

Linien aus blauer Elektrizität schossen von Kristall zu Kristall und verbanden einen Schädel mit einem anderen, sodass sie alle zu einem einzigen Kollektiv wurden. In der Mitte des Raums erhob sich ein großes Podium hoch über alle anderen. Darauf befand sich der größte Schädel im Raum, eine massive Skulptur zu Ehren des Königs aller Könige in einer Zeit, als Atlantis der wichtigste politische und wissenschaftliche Sitz des Landes war.

Der Kopf war groß und langgezogen. Als er sich erhob, rotierte er auf seiner Bühne, als würde er vorgeführt. Tief im Inneren des Kristallkerns begann ein helles Licht zu pulsieren und zu leuchten. Er dehnte sich aus und wurde immer heller, bis sein Licht pulsierte wie das Herz eines lebenden Organismus.

Er drehte sich.

Er leuchtete.

Der Kristallschädel wurde zum Blickfang des Raumes. Die Verbindungsblitze bündelten sich an einem zentralen Punkt und schossen einen gewaltigen blauen Stromstoß auf den riesigen Schädel, der die Ladung absorbierte.

Der Schädel hörte auf, sich zu drehen, und der Kristall begann mit einer blendenden Lichtaura aufzuleuchten. Gammas und Omegas Augen schmerzten, als der Raum so hell wurde wie die Sonne.

Und dann nahm das Licht ab. Der Schädel war mit purer Energie gesättigt.

Mir nichts, dir nichts verschwand das Stromnetz und hinterließ nichts als den Geruch von verbrauchter Elektrizität in der Luft.

»Was zum Teufel hast du angestellt?«, fragte Omega Gamma.

Verwirrt betrachtete Gamma den Schädel in seinen Händen.

Dann begannen die Augen des erhöht stehenden Schädels, der die Ladungen absorbiert hatte, selbst zu pulsieren und zu leuchten. Der Akt war so bedrohlich, dass er Böses versprach. Das Licht in den ausgehöhlten Augen schien sich zu bündeln und die Eindringlinge ins Visier zu nehmen.

Und dann schossen zwei Präzisionslaser heraus und trafen Omega mitten in seinen Schwerpunkt. Der SEAL hatte keine Zeit zu reagieren; sein Körper explodierte wie eine mit Sprengstoff gefüllte Melone in alle Richtungen und unzählige Einzelteile verteilten sich in alle Richtungen.

Gamma sah starr vor Angst zu. Er hielt immer noch den Schädel des Ältesten in den Händen, als der dominante Schädel in der Mitte der Kammer seine Aufmerksamkeit auf ihn richtete. Die saphirblauen Lichter seiner Augen bewegten sich, zogen eine Linie zu seinem Ziel, Gamma, woraufhin Gamma den Kristallschädel zu Boden fallen ließ und zwischen die Gänge flüchtete.

Der Blick des Schädels folgte ihm und schoss einen weiteren Zwillingsblitz ab. Die Ladungen durchquerten den Raum mit Lichtgeschwindigkeit und schlugen in beide Schulterblätter Gammas ein. Mit einer Schnelligkeit, die das menschliche Auge nicht erfassen konnte, war Gamma ausgelöscht worden – wie durch Zauberhand. In einem Moment war er noch da, im nächsten war er nichts weiter als glibberige Stücke aus Fleisch und Materie.

EINSATZZENTRALE

Paul Scott und sein Kommunikationsteam empfingen Liveübertragungen vom Alpha-Team. Die Bilder verschiedener Helmkameras wurden auf mehreren Bildschirmen an der Wand angezeigt. Auf der einen Seite des Raums waren die Live-Bilder, die andere zeigte ihre Vitalwerte, die Spitzen und Täler, die ihre Lebenslinien darstellten.

Alle verfolgten das Geschehen live über Gammas Helmkamera. Sie sahen die elektrischen Linien, die einen Kristallschädel mit dem nächsten verbanden, wie die Schädel die Energie sammelten und sie dann mit einem bestimmten teilten, der diese absorbierte Energie bündelte und sie dann als Waffe freisetzte. Sie hatten die Auslöschung von Omega gesehen, schnell und barmherzig; sein Tod war zu schnell eingetreten, als dass er ihn hätte begreifen können.

Außen links begann einer der Bildschirme, protestierend zu plärren, als Omegas Vitalwerte auf null sanken.

Auf dem rechten Bildschirm rannte Gamma zwischen den Schädelreihen hindurch und strebte auf die Wasserwand zu, um in die Tunnel zu entkommen. Sein Atem war stoßweise und flach. Seine Vitalfunktionen waren jenseits von Gut und Böse, weil seine Herzfrequenz und sein Blutdruck bedenklich in die Höhe stiegen.

Und dann war er tot. Das langgezogene Heulen seines Vitalbildschirms passte zum Summen von Omegas.

Damit waren noch drei übrig.

Delta legte seine Hand gegen die Wand, die ihnen dank einer Reihe von Gewichten und Flaschenzügen jenseits der Mauern den Fluchtweg abgeschnitten hatte. Er trat zurück, zielte mit seiner Waffe darauf und feuerte eine kurze Salve ab.

Kugeln überzogen den Steinblock. Die Einschläge verursachten kaum einen Splitter oder eine Kerbe.

Hinter ihnen drehten und kreisten die Statuen weiter. Die Skulpturen kamen immer näher.

Dann blieben sie stehen. Plötzlich war der Zauber des Lebens aus ihrer Bewegung verschwunden.

»Was zum Teufel …«, murmelte Epsilon leise.

Dann begann der Verbindungsgang zu beben. Zuerst erklang ein schwaches Rumpeln, als sich weitere Flaschenzüge und Gewichte innerhalb der Mauern bewegten. Die Mechanismen zogen, zerrten und verschoben Steine, sodass sich die Pyramide neu konfigurierte und eine weitaus komplizierter gestaltete Arena erschuf, die der darin gefangenen Beute wenig Überlebenschancen bot.

Die Wände des Gangs, hoben sich und verschwanden in der Decke, sodass weitere Mauern dahinter sichtbar wurden. Nur, dass in diese Wände Waffen eingearbeitet waren.

»Was ist das?«, sagte Epsilon. »Was ist da los?«

Das Grollen hörte auf.

Ihm folgte eine Stille, die genauso entsetzlich war wie Kriegsgeräusche.

Entlang der Wände befanden sich hammerförmige Strukturen, die senkrecht standen und darauf warteten, in einem Bogen herunterzufallen.

Die Stille dauerte an. Die Ruhe vor dem Sturm.

Dann senkte sich am anderen Ende des Gangs ein gewaltiger Hammer hart und schnell von der Wand. Das steinharte Materialgemisch seines Kopfes traf eine Statue und schlug sie in kleinste Stücke, vernichtete die Skulptur mit einem einzigen Schlag.

Es war ein spöttischer Angriff, ein Schlag, der den Eindringlingen die Macht von Atlantis demonstrieren sollte, seinen Willen und seine Macht, seine Grenzen zu verteidigen.

Die Stadt unter dem Meer.

Atlantis.

Sie war jetzt rasend vor Wut.

Schlimmer noch: Sie ließ die Muskeln spielen.

Der Hammer hob sich wieder gegen die Wand, dann fiel er noch härter und schneller herab, bevor er sich erneut ausrichtete. Ein zweiter Hammer schlug zu. Ein dritter. Ein vierter. Sie alle sausten herab, härter und schneller mit jedem Schwung. Die Hammerköpfe trafen den Boden und hinterließen tiefe Einkerbungen. Ihre Kraft war tödlich. Weitere Hämmer begannen herabzufallen, schlugen zu, zertrümmerten, verwandelten die Statuen zu Staub.

Und dann begannen diese Steinhämmer im Gleichklang auszuschlagen, wie die Hämmer eines Klaviers die Saiten anschlagen, um sie zum Klingen zu bringen. Die Waffen zerschlugen den Boden zu Trümmern.

Epsilon feuerte eine weitere Salve in die Wand.

Nichts.

Alpha und Delta schlossen sich ihm an. Der gesamte Bereich wurde von Mündungsfeuer erhellt.

Die Erde unter ihnen bebte. Die Stöße rissen sie fast von den Füßen. Die Hämmer kamen näher; die Mechanismen, die sie an der Wand entlangführten, positionierten die Hammerköpfe, bis kein Ausweichen, keine Flucht, kein Verstecken mehr möglich war.

Epsilon schrie mit einer Mischung aus wilder Wut und Angst auf.

Alpha warf sein Magazin aus, setzte ein weiteres Magazin ein und feuerte weitere Kugeln gegen die Wand, die nur wenig Schaden anrichteten, bis seine Waffe schließlich leer war.

Auch Epsilons Waffe ging die Munition aus.

Und ebenso Deltas.

Die Hammerköpfe rückten näher. Der Gang wurde im Kielwasser ihrer Schläge pulverisiert.

Noch drei Meter.

Die Männer versammelten sich an der Wand und drängten sich zusammen.

Hammerköpfe fielen jetzt auf beiden Seiten herab, links und rechts, manchmal im Einklang, manchmal in Abständen, und zerstörten alles um sich herum mit einer unglaublichen Kraft.

Epsilon versuchte, den richtigen Moment abzupassen, um zwischen den Schwüngen hindurch zu rennen, einen Durchgang zu finden.

Er wartete.

Die Hämmer waren noch anderthalb Meter entfernt.

Epsilon stieß sich von der Wand ab, sah seine Chance, eine winzige Öffnung. Doch als er den zweiten Schritt machte, wurde er durch einen einzigen Schlag in einen roten Nebel verwandelt, zu Brei geschlagen, der am flachen Kopf des Hammers klebte, als dieser sich hob.

Alpha und Delta warteten. Sie konnten nichts tun. Ihr Schicksal war besiegelt.

Atlantis war überaus lebendig und überaus wütend. Die Pyramide demonstrierte ihre Macht.

Und dann waren die Männer tot.

EINSATZZENTRALE

Sie hatten das Grauen beobachtet, sie hatten die Macht der Pyramide gesehen und die Kontrolle, mit der sie gegen feindliche Truppen vorging.

Und dann begannen die Vitalzeichenmonitore unkontrolliert hochfrequent zu heulen.

Scott hatte seine Grenze erreicht. »Würde bitte jemand diese verdammten Monitore abschalten?«

Dreißig Sekunden später wurde es still.

– 29 –

Es war rasend schnell aus den Schatten gesprungen, eine blasse, geisterhafte Gestalt mit saphirblau glänzenden, stechenden Augen. Sie war groß und sehr muskulös, den meisten Normen nach ein Koloss, und außerdem ein Krieger. Mit hocherhobener Hellebarde stürmte er auf Percivals Vorhut zu. Die polierte Metallklinge schimmerte im Schein des pulsierenden Lichts. Er war schnell, behände: Der Wächter bewegte sich wie eine gut geölte Maschine.

Doch der Mann an der Spitze der Truppe, ein ausgebildeter SEAL und erfahrener Kämpfer, war schneller. Er korrigierte die Ausrichtung seines Harpunenwerfers, legte an und drückte den Abzug. Der Speer zerschnitt die Luft zwischen ihnen, ein verschwommener Fleck, dessen Spitze sich tief in den Brustharnisch des Wächters grub und ihn zum Stillstand brachte. Der Ausdruck des Wächters zeigte Verwirrung. Dann entriss ihm der in seiner Brust aufkeimende Schmerz einen Kriegsschrei. Im nächsten Augenblick detonierte die hochexplosive Spitze und Brust, Bauch und Kopf des Wächters lösten sich in einer roten Nebelwolke auf. Seine Beine und Hüfte hielten noch einen Moment lang das Gleichgewicht, bis die Knie schließlich einknickten.

Während der SEAL nachlud, tauchte ein zweiter Wächter rasch aus den Schatten auf und rammte ihm die dreißig Zentimeter lange Spitze seiner Hellebarde in die Brust. Dann hob er die Stange mit unglaublicher Kraft hoch und ließ den Mann hoch über dem Boden hängen. Der SEAL schrie vor Schmerzen. Rote Blasen quollen aus seinem Mund und bildeten einen blutigen Spitzbart. Während der SEAL mit den Füßen strampelte, um Halt zu finden, schleuderte der Wächter ihn mühelos mit einem Schnippen des Hellebardenschafts in die Schatten. Sein Körper flog von der Spitze in die Dunkelheit hinein, wo andere bereits warteten.

Jenseits des Lichtrands, für niemanden zu sehen, schrie der SEAL wie von Sinnen, als sein Körper in Stücke gerissen wurde.

Der Mann rief nach Gnade und bettelte um den Tod. Und mit einem Mal war seine Stimme verstummt. Sein Leben war ausgehaucht.

Ein weiterer Speer hatte sein Ziel gefunden und sich tief in den unteren Rücken des Wächters gegraben: ein perfekter Treffer. Gerade als der Wächter nach hinten griff und seine Hand um den Speerschaft legte, explodierte die Spitze, und aus dem Körper des Wächters platzten rotes Blut und Innereien heraus.

John Savage hob den Harpunenwerfer auf, der der erste SEAL fallen gelassen hatte, und lud ihn. Es waren noch zwei Speere übrig. Das Problem war, dass sie nicht genau wussten, wie viele Wächter es gab oder wo sie sich befanden. Jenseits des schimmernden Lichts der Kapseln war der Raum in vollkommene Dunkelheit getaucht, die ihnen Deckung bot.

Savage blickte sich nach allen Seiten um. Alyssa hielt sich dicht hinter ihm. Percival sah auf sein Messer, sein KA-BAR, und begriff, wie ineffizient die Waffe wirklich gegen diese Hominiden war. *Das ist, wie mit einem Taschenmesser gegen ein Nashorn anzutreten,* dachte er. *Eine kleine Klinge gegen eine dicke Haut.* Trotzdem hielt er das Messer fest in der Hand.

Sie drängten weiter, John und der SEAL an der Spitze. Sie hielten nach allen Richtungen Ausschau, suchten, lauschten auf ein nützliches Geräusch, das die Positionen der Wächter verraten würde.

Nichts als Stille.

Die Nachhut bildete Percival. Auch er suchte und lauschte – nichts als schreckliche Stille umgab sie.

Dann erklang das peitschende Geräusch von etwas, das sich einen Weg durch die Luft schnitt.

Mit der Langsamkeit eines schlechten Traums schnitt eine Hellebarde eine Schneise durch den Raum. Sie rotierte um ihre horizontale Achse, in Kreisen, die dem menschlichen Verstand langsam erschienen, die in Wirklichkeit aber recht zügig waren.

Der Haken der Waffe traf den SEAL direkt zwischen Nase und Oberlippe. Die Klinge hinterließ einen sauberen Schnitt, der seinen Kopf abtrennte. Die Augen des Mannes weiteten sich vor Schreck. Sein sauber abgetrennter Kopf glitt über den Kiefer und fiel zu Boden. Der Rest seines Körpers folgte ihm, mitsamt der an seinem Sauerstofftank befestigten Tabula Smaragdina.

Die Hellebarde drehte sich weiter durch die Luft, bis sie sich schließlich in eine Glaskapsel bohrte und sie zerschmetterte. Saphirblaue Flüssigkeit ergoss sich auf den Boden, leuchtend und pulsierend, aber schwächer werdend, da die aus ihrem Element entfernten Mikroben abzusterben begannen. Ein Nachfolger wurde ebenfalls aus dem Behälter gefegt. Der mit der viskosen Flüssigkeit überzogene Körper des Hominiden zuckte im Todeskampf. Dann hörten seine Bewegungen auf und sein Blick wurde starr. Sein Tod wurde als Kollateralschaden verbucht.

Percival hob den Harpunenwerfer des SEALs auf. Eine Speerspitze war noch übrig. Savage hatte zwei. Wie viele Wächter warteten hinter den Kulissen? Er konnte nur hoffen, dass ihnen die Speere reichten, um klarzukommen.

Alyssa sah die Tafel in einer Armlänge von Percival entfernt. Doch Percival befand sich tief im Selbsterhaltungsmodus und kümmerte sich wenig um die Edelsteintafel.

»Bleib dicht bei mir«, sagte John zu Alyssa.

»Wenn ich dir noch näher käme, würde ich dir am Hintern kleben.«

Sie gingen zum Ende des Ganges weiter und ließen die Tafel zurück.

Dann erklang ein neuerliches Sausen, als sich eine Hellebarde einen Weg durch die Luft bahnte.

»Runter!«, rief John.

Sie ließen sich zu Boden fallen. Keiner von beiden machte sich die Mühe, nachzusehen, woher die Hellebarde gekommen war. Sie wussten nur, dass sie in Bewegung war. Diesmal bohrte sich die Waffe in die Wand über Alyssa. Die Klinge verfehlte sie um einen halben Meter. Sie streckte sich, packte den Griff und begann, daran zu zerren. Langsam löste sich die Klinge. Als Alyssa sie aus der Wand zog, fiel sie mit der Spitze auf den Boden: Die Waffe war schwerer, als sie angenommen hatte.

John nahm die Hellebarde an sich und gab ihr den Harpunenwerfer. »Dreh den Kopf hin und her, behalte die Augen auf die Spitze der Waffe gerichtet, finde das Ziel, und zögere nicht, abzudrücken.«

Sie nickte.

Keine Sorge. Werd ich nicht.

»Los«, flüsterte John.

Er ging voran, die Hellebardenspitze vor sich ausgestreckt. Wenn etwas aus den Schatten angriff, würde es aufgespießt.

Am Ende des Ganges war ein Durchgang. Hinter der Tür lag eine Schräge, die zu einer Wendeltreppe führte.

»Das ist der Weg«, sagte Alyssa. »Er wird uns zur Spitze führen. Genau wie in Eden.«

»Sind Sie sicher, Ms. Moore?«, fragte Percival, den Blick auf den Bereich hinter ihnen gerichtet.

»Ich bin sicher.«

»Könnte es eine Falle sein?«

»Alles ist denkbar. Aber mit den Wächtern hinter uns und einer Treppe vor uns sehe ich keine andere Möglichkeit.«

»Weil es keine gibt«, sagte Percival. Er drehte sich zu John und Alyssa um, warf einen kurzen Blick auf die Treppe hinter ihnen und zeigte auf die Schräge. »Nach Ihnen.«

Dann ertönte das Geräusch von Luft, die zerteilt wurde, als sich eine weitere Hellebarde ihren Weg bahnte. Die Waffe kam aus den Schatten gewirbelt, bis ihre Klinge in der Wand neben dem Eingang stecken blieb.

Zwei Wächter stürmten aus dem Schleier der Dunkelheit hervor. Beide stießen wilde Schreie aus, die dazu gedacht waren, ihre Gegner einzuschüchtern. Alyssa hob die Spitze ihrer Waffe, zog eine Gerade zwischen zwei Punkten und drückte ab.

Die Speerspitze flog mit einem Zischen durch die Luft und traf den Wächter in den Oberschenkel. Ein schlechter Schuss. Trotzdem explodierte sie. Der Sprengstoff zerriss beide Beine des Wächters und einen guten Teil seines Unterleibs – also nichtsdestotrotz ein tödlicher Schuss.

Der zweite Wächter wich im großen Bogen aus, da er die explosive Kraft des Speers kannte, und näherte sich dann.

John schwang die Hellebarde, aber seine Bewegung war schwerfällig, der Bogen, den die Waffe beschrieb, aufgrund ihres Gewichts langsam.

Der Wächter blieb stehen und lehnte den Oberkörper vor dem Schwung zurück. Die Klinge verfehlte seine Brust nur um wenige Zentimeter. Aber der Speer aus Percivals Waffe traf den Hominiden mitten ins Massezentrum, direkt durch den Brustharnisch in den Solarplexus.

Percival drehte sich um und schob John und Alyssa auf die Treppe zu. »Lauft!«

Der Hominide packte den Speerschaft und versuchte, ihn herauszuziehen, was ihm nur langsam gelang. Der Wächter machte Fortschritte, wenn auch nur kleine, bis die Spitze explodierte und eine totale Zerstörung anrichtete. Rotes Blut und Gewebe breiteten sich in einem weiten Kreis aus und überzogen die drei sich im Laufschritt entfernenden Menschen.

Die übrigen drei Wächter traten aus den Schatten und verfolgten sie mit hocherhobenen Hellebarden.

Alyssa hatte noch einen Speer übrig, als sie die Treppe hinaufrannten, die sich endlos in Richtung Spitze zu winden schien.

Percival übernahm die Führung. Er hatte den Harpunenwerfer nach dem letzten Schuss fallen gelassen, da er unbrauchbar geworden war, und hatte stattdessen sein Messer in der Hand.

John, der die Nachhut bildete, sah ständig über seine Schulter und bemerkte, wie drei Hominiden die Stufen in einem viel schnelleren Tempo und mit weitaus größerer Geschicklichkeit erklommen. »Sie holen auf!«, rief er.

»Wie viele?«, fragte Percival.

»Drei!«

Sie rannten, erklommen Stufe um Stufe, aber die Wächter schlossen trotz des großen Gewichts ihrer Hellebarden zu ihnen auf.

John streckte eine Hand nach Alyssa aus. »Gib mir deine Waffe«, sagte er zu ihr. Sie reichte sie weiter.

»Wir schaffen es nicht«, sagte John. »Sie sind zu schnell. Lauf weiter.«

Alyssa rief ihm nach.

»Lauf weiter!«

John stellte sich auf eine Stufe und beobachtete die Hominiden heraufkommen, bis er das Blau ihrer Augen erkennen konnte. Er zielte mit dem geladenen Harpunenwerfer ungefähr zehn Stufen tiefer und feuerte die Waffe ab. Die Spitze bohrte sich tief in den Stein ein und detonierte. Die Explosion zerstörte sechs Stufen, deren Steine auf die Ebene darunter fielen; ein langer Fall.

Die Hominiden erreichten ihren Endpunkt in einigen Schritten Entfernung. Ihre Blicke trafen Johns. Nur einer von ihnen nutzte seine Chance. Er sprang nach oben, konnte die Distanz aber nicht überbrücken und schaffte es nur, die Finger in die unterste geborstene Stufe zu krallen. Die Kluft unter ihm war tödlich, ein Sturz von mindestens fünfundzwanzig Metern. Er versuchte, sich hochzuziehen. Riesige Muskeln spielten unter seiner Haut. Der Wächter zog und zerrte in dem Bemühen, zu töten, denn so war er erschaffen worden. Und dann begann das Material der Stufe zu ermüden, die Risse und

Spalten wuchsen und Bruchstücke fielen in die Kammer darunter hinab.

Das Knacken wurde lauter. Mit der Akustik der Treppe klang es dumpf. Und dann gaben die Steine vollständig unter dem Gewicht des Hominiden nach. Der Wächter schrie auf, als er mit rudernden Armen und Beinen bis zum Boden fiel, wo seine Schreie plötzlich verstummten.

John sah zu den beiden verbleibenden Wächtern, die sich neutral verhielten, als ob der Akt des Sterbens ihnen keine Angst machte, sondern zu erwarten war. Nachdem sie die Sinnlosigkeit einer weiteren Verfolgung erkannt hatten, drehten sie sich um und begannen, die Treppe hinunterzusteigen. Sie gaben den Kampf auf.

John stieß ein tiefes, erleichtertes Seufzen aus, drehte sich um, und machte sich an den Aufstieg, um zu Alyssa und Percival zu kommen.

Eine Schlacht war geschlagen worden.

Doch der Krieg war noch lange nicht vorbei.

Niemand wusste, was Atlantis noch zu bieten hatte.

Niemand wusste wirklich, ob die Treppe einen Fluchtweg darstellte.

Doch die Hoffnung war groß.

Sie gingen weiter.

–30–

Percival war ihnen weit voraus. Er wurde von purem Adrenalin angetrieben. Obwohl John Savage ihm gesagt hatte, dass sie außer Gefahr waren, verhielt sich Percival wie ein Mann, der das nicht glaubte.

Ungefähr dreißig Stufen weiter unten, außerhalb von Percivals Hörweite, sprachen John und Alyssa miteinander.

»Ich kann das nicht durchziehen«, sagte sie.

»Was kannst du nicht durchziehen?« John ging neben ihr über die Stufen.

»Ich weiß, dass du früher Soldat warst. Und mir ist klar, dass das Militär einen auf eine gewisse Einstellung trainiert, was Krieg angeht. Aber das hier ist anders, John. Diese Menschen wollen mir einreden, dass ich eine Art Retterin bin. Sie sagen mir, dass meine Übersetzungen uns einen Vorteil verschaffen werden. Was sie mir aber nicht sagen wollen, ist, dass ich auch diejenige sein werde, die dem Völkermord den Weg ebnet.«

»Wir haben das doch schon besprochen«, sagte er. »Es herrscht Krieg, Alyssa. Die Übersetzungen stehen für sich. Wenn wir jetzt nichts unternehmen, wird *unsere* Rasse bis zum Jahr 2026 ausgelöscht. Wir waren es nicht, die diesen Krieg erklärt haben … das waren sie.«

»Woher willst du das wissen?«, fragte sie ihn. »Woher weißt du, dass sie irgendwas erklärt haben? Das Einzige, was wir übersetzen konnten, war, dass unsere Rasse im Jahr 2026 ein Ende findet. Da stand nicht, wie.«

»Du hast den Avatar doch gesehen«, erwiderte er. »Du hast gesehen, was er uns gezeigt hat. Es war ein chronologischer Bericht unseres Scheiterns als Rasse, und wir werden eliminiert, damit die neuen Bewohner übernehmen können.«

»Das stimmt«, sagte sie. »Du hast absolut recht mit den Gräueltaten, die wir mit der Zeit begangen haben. Das kann ich nicht bestreiten. Aber was, wenn uns der Avatar diese Bilder nicht als kontinuierlichen Faden unserer wiederholten Fehler zeigte? Was, wenn er uns eine Geschichte der Bilanz des Menschen zeigte, der in Wirklichkeit zu einem einzigen, selbst verschuldeten Schluss führt, wenn wir so weitermachen?«

Er wandte sich ihr zu. »Eine Warnung?«

Sie nickte. »Denk mal darüber nach. Was, wenn die Tabula Smaragdina der Katalysator für unseren Untergang wäre?«

»Was meinst du damit?«

»Das Militär wird die Tafel haben wollen, weil sie der Schlüssel zu Informationen ist, die unserer Zeit weit voraus sind. Das ist eine bestätigte Tatsache, die Percival seinen Vorgesetzten mitteilen wird. Aber was ist, wenn das Pentagon bestimmte Informationen nur zum Zweck der Entwicklung militärischer Anwendungen sammelt, die wir am Ende missbrauchen? Die Tabula Smaragdina könnte eine geladene Waffe in den Händen eines Kindes sein, das zufällig das Militär ist. Dem aktuellen Stand unserer Rasse nach glaube ich, dass wir zu unreif sind, um mit den Daten auf der Tafel umzugehen. Ich denke, der Inhalt wird missbraucht werden und als Mittel zu unserer eigenen Zerstörung dienen. Und wenn der Tag kommt, an dem wir uns gegenseitig umbringen, *dann* werden meiner Meinung nach die Nachfolger die Erde als neue Bewohner übernehmen. Nicht, weil sie uns besiegen, sondern als Mittel, um die Erde wiederzubeleben, nachdem wir uns selbst zerstört haben.«

John schien darüber nachzudenken. Das Pentagon und seine Spitzenoffiziere betrachteten Technologie immer als Baustein für die Entwicklung eines Machtzentrums, weil sie der Verstärkung der nationalen Verteidigungssysteme diente. Sie würden lernen, die Energie zu nutzen und sie für die Entwicklung größerer und gewagterer Kriegsmaschinen einsetzen. Ihr Argument hatte also Hand und Fuß.

»Denk darüber nach«, fuhr sie fort. »Wir wissen aus den Texten und Modellen in Eden von der Bearbeitung des menschlichen Genoms. Wir wissen auch, dass diese Nachfolger aus diesem Grund niemals die Hand zu ihrer Verteidigung erheben können oder werden. Sie sind keine Bedrohung für uns, John. *Wir* sind unsere *eigene* Bedrohung. Verstehst du das nicht? Der Avatar hat uns nicht gezeigt, *warum* wir ausgelöscht werden sollen. Er hat uns unseren ›Pfad des Verderbens‹ gezeigt, den wir scheinbar nicht verlassen können. Er hat uns gezeigt, dass der Mensch irgendwann zwischen jetzt und 2026 den Ausschlag dazu geben wird, als Lebewesen zerstört zu werden. Und wenn dieser Tag kommt, wird die Erde neu bevölkert werden.«

»Schatz.« In Johns Stimme schwang ein Anflug von Skepsis mit. »Übersetzungen sind nur Übersetzungen. Und meistens sind sie so zurechtgerückt, dass sie dem Übersetzer in den Kram passen.«

»Dann glaubst du mir also nicht?«

»So meine ich das nicht«, antwortete er. »Ich will damit sagen, dass du ursprünglich, zusammen mit Professor Hillary, die Texte in Eden dahingehend übersetzt hast, dass ein Krieg gegen uns bevorsteht, weil wir als Rasse versagt haben. Dass wir ein Fehler waren, der ausgemerzt werden muss. Jetzt behauptest du, dass diese Übersetzungen falsch gewesen sein könnten und dass die Menschheit diese neu entdeckten Energien, nachdem sie sie erst einmal eingesetzt hat, auf eine Weise missbrauchen wird, die sie von innen heraus zerstören wird.«

»John, du musst bedenken, dass die Symbole und Texte und die alten Piktogramme lange vor der sumerischen Schriftsprache entstanden sind, die bislang als die früheste galt. Heute wissen wir, dass das nicht stimmt. Heute wissen wir, dass die Schriftsprache lange vor der sumerischen Kultur existierte. Jeden Tag wird die Geschichte durch neue Entdeckungen fremder Zivilisationen umgeschrieben. Ich hab mein Bestes gegeben, um die mir fremden Symbole objektiv zu interpretieren, indem ich die Lücken mit Symbolen und Texten füllte, die ich aus sumerischen Schriftstücken kannte. Ich habe ein Puzzle zusammengesetzt. Also, ja, ich könnte falsch übersetzt haben.«

Sie stiegen weiter die endlos wirkende Spirale aus Stufen hinauf. So fit sie auch waren, der Aufstieg begann, die Muskeln in ihren Beinen zu strapazieren.

»Alyssa, mir ist klar, dass du in einer extrem schwierigen Lage bist. Mit deinen erstaunlichen Fähigkeiten als Übersetzerin sieht jeder in dir die Retterin der Zukunft der Menschheit. Du kannst die Tabula Smaragdina übersetzen und ihr Informationen entnehmen, die uns die Chance geben werden, zu überleben, um zurückzuschlagen und zu gewinnen. Aber du siehst das nicht so, oder? Du siehst dich selbst als etwas Schlechtes und Böses. Du siehst dich als Herzstück des Befehls, der den Anfang vom Ende einer anderen Rasse anordnet.«

Alyssa ließ die Schultern hängen. John hatte es perfekt auf den Punkt gebracht.

»Ich weiß, was ich weiß«, sagte sie ihm niedergeschlagen. »Diese Nachfolger haben keinen einzigen Funken Bosheit im Leib. Sie können nicht kämpfen. Sie können sich nicht wehren. Wie könnten sie also über ein so gewalttätiges Regime wie das unsere herrschen? Sie können es nicht.«

»Vielleicht haben wir nicht alles gesehen, was es zu sehen gibt«, sagte er. »Atlantis ist ein großer Ort.«

»Worauf willst du hinaus?«

»Darauf, dass irgendwo eine Armee dieser Wächter untergebracht sein könnte. Vielleicht sind sie darauf programmiert, aus ihrem Winterschlaf zu erwachen, um den Weg für die Nachfolger zu ebnen.«

»Spekulation.«

»Natürlich.«

»Aber ich habe meine Erkenntnisse nicht auf Spekulationen begründet«, sagte sie. »Ich habe sie auf Fakten der Dinge gestützt, die wir gesehen haben. Es gibt nur wenige Wächter. Sie wurden nur geschaffen, um ihre Rasse zu bewahren.«

»Das sind Tiere«, beharrte er.

»Es sind Menschen.«

»Das meine ich doch. Wir wissen, dass sie existieren. Wir wissen nur nicht, wie viele es von ihnen gibt.«

Für den Rest des Aufstiegs schwiegen sie einander an. Beide stellten ihre ganz persönlichen Überlegungen an. John wollte Alyssas Bedenken nicht einfach so abtun, weil ihm klar war, dass sie recht hatte, was das Pentagon anging. Es würde ihm danach verlangen, zu entdecken, zu untersuchen und einen Weg zu finden, seine

Erkenntnisse anzuwenden, um Waffen zu schaffen, die ihresgleichen suchten.

Alyssa hingegen glaubte, dass das Studium der Tafel durch das Militär dem Menschen eher schaden und zu seinem Untergang beitragen würde, als dass es eine Informationsquelle wäre, die zur nächsten Stufe der Evolution führen würde.

Sie dachte auch über ihre Rolle als Übersetzerin und treibende Kraft der Ausrottung einer sanften Rasse nach. *Ich werde mich nicht daran beteiligen,* dachte sie. *Nicht, wenn es mich meine Seele kostet.*

Als sie endlich oben ankamen, waren sie erschöpft und aufgeregt zugleich. Die Pyramidenspitze war, wie Alyssa vorhergesagt hatte, ein Tor, das an die Oberfläche führte, die leider tief unter dem Wasser lag.

»Sie wären sowieso gestorben«, bemerkte Percival, vielleicht als Rechtfertigung, um die Rasse zu töten. »Die Ältesten haben die Polarschmelzen vermutlich nicht vorausgeahnt. Ich schätze, die Natur ist eine Kraft, gegen die nicht einmal sie ankämpfen können.«

»Die Energie hält das Wasser aus einem bestimmten Grund zurück«, erwiderte Alyssa. »Und glauben Sie mir, ein Ort wie Atlantis hat für alles einen Grund.«

»Wir werden sehen«, sagte Percival.

Zwischen zwei quadratischen Steinsäulen befand sich eine Wand aus Meerwasser, die sich wie ein Strudel drehte, in dem das Wasser zu Schaum und klarem Blau verwandelt wurde. Die Wirbel erinnerten an die Spiralformation der Milchstraße. Dahinter konnten sie die riesigen Statuen und die Mega-Arena des Kolosseums sehen. Jenseits davon: nichts. Die Unterwasserlampen waren nicht stark genug.

»Die Überdruckkammer und die Module liegen zu tief, um ohne Panzertauchanzug hinzuschwimmen«, sagte Percival. »Ein Tiefenrausch könnte zu einer echten Gefahr werden. Und da wir weder einen Rebreather noch Open-Circuit-Flaschen haben, bedeutet das, dass wir zur Oberfläche schwimmen müssen.« Er wandte sich an Alyssa, die von dem langen Aufstieg müde wirkte. »Es wird eine schwierige Reise ohne Flossen«, sagte er zu ihr. »Ich hoffe, Sie sind in Form.«

Sie blickten auf das aufgewühlte Wasser und die dahinter liegenden Strukturen. Atlantis war großartig und schön. Und seine Macht entweder ein Pfad zur Erlösung oder ein Weg in die Verdammnis, je nachdem, welche Methode man anwandte.

Percival zog seine Maske an und drehte das Ventil auf. Die Luft, die durch den Schlauch strömte, ließ den Apparat wie ein Beatmungsgerät klingen. Und dann machte er einen Schritt in den Strudel hinein.

Jetzt war er ein im Meer schwebender Taucher, der Wasser trat. Er bedeutete John und Alyssa, ihm zu folgen. John tat es, doch Alyssa zögerte und sah die Treppe hinunter. Sie war so dunkel wie ein Abgrund, und die Schrecken darunter waren wahrhaft höllisch mysteriös. Dann dachte sie an die Tabula Smaragdina und dankte Gott, dass sie sie zurückgelassen hatten.

Sie wandte sich dem Strudel zu, in dem John und Percival warteten und gemächlich Wasser traten.

Sie setzte ihre Maske auf, schnallte sie fest, drehte das Ventil auf und passierte den Wasserschleier.

–31–

EINSATZZENTRALE

»Mr. Scott«, sagte Aadesh eindringlich. »Wir empfangen Messwerte aus Westen. Drei Lebensformen.«

Scott beugte sich näher zu den Bildschirmen an der Wand. Er sah gar nichts. »Delfine?«

»Das dachte ich zuerst auch, aber …« Aadesh unterbrach sich.

»Aber was?«

»Aber das.«

Auf dem linken Bildschirm erwachten Vitalwerte zum Leben, eine Reihe schmaler Ausschläge wie bei einem EKG. Die Lebenszeichen waren gut: Herz, Atmung und Blutdruck lagen alle im normalen Bereich. Irgendwie hatten sich die Lebensüberwachungssensoren reaktiviert, eine Anomalie, denn es waren die Werte von Lieutenant Commander Percival, John Savage und Alyssa Moore.

Und doch waren sie da, alle drei, auf dem Weg an die Oberfläche.

Scott rief Aadesh zu: »Können wir Sichtkontakt herstellen?«

Aadesh bediente die Kameras, die westlich ihres Standpunkts auf Bodenhöhe verankert waren. Die Bilder schienen zu weit entfernt, um sie erkennen zu können. Da waren nur drei Punkte. Also zoomte Aadesh heran und stellte scharf, bis die Liveübertragung kristallklar wurde. Obwohl die Gestalten klein wirkten, war kein Irrtum möglich: Es handelte sich um Taucher.

Scott drehte sich um und wandte sich an die Basismitarbeiter: »Schicken Sie sofort ein U-Boot zu diesen Leuten«, verlangte er. »Lassen Sie sie sofort zur Einsatzzentrale abschleppen.«

Seine Mannschaft zögerte nicht. Die Leute in den Modulen arbeiteten wie eine gut geölte Maschine und bereiteten alles in Windeseile vor. Das Minitauchboot war bereit. Und binnen zwei Minuten war es unterwegs.

–32–

Alyssa sah auf ihre Anzeige: Sie hatte jede Menge Sauerstoff. Dann nahm sie die Schönheit dieser Stadt unter dem Meer in sich auf. Sie bemerkte die Pyramiden und ihre nahezu perfekten Dreiecksformen. *Sie erinnern so sehr an die Pyramiden von Gizeh,* dachte sie. Dann betrachtete sie die gigantischen Statuen, die säumten, was wahrscheinlich einst eine große Allee gewesen war, vielleicht eine Straße für Streitwagen. Und als sie an einer Statue vorbeischwammen, war sie von deren Größe überwältigt. Im direkten Vergleich waren sie nur halb so groß wie ihr Auge.

Sie setzten ihren Weg gemächlich fort. Ohne ihre Flossen bremste das Wasser sie. Und Alyssa spürte allmählich, wie die Kraft aus ihren Beinen wich, wie sie die Kraft verließ. Der Weg die Treppe hinauf war lang und zermürbend gewesen. Die Anstrengung hatte zu viel Energie verbraucht.

Als ihre Beine zu krampfen begannen, vor allem die Waden, krümmte sie sich sofort unbeholfen, um ihr Bein an der Stelle zu packen, wo der unerträgliche Schmerz saß, der ihr bis in den Oberschenkel hinaufstieg, wo er als Muskelkater blieb.

Dann begann sie zu sinken.

John konnte sehen, wie sich ihre Augen hinter dem Glas ihrer Maske, in Panik weiteten, weil ihr die tödlichen Folgen des Tiefenrausches klar waren. Wenn sie bis zu einem bestimmten Punkt absank, würde sie beginnen, das Bewusstsein zu verlieren, und ihre Sinne würden schwinden, was einen rauschähnlichen Zustand erzeugte. Wenn sie zu tief hinabsank, konnte sie ohnmächtig werden und letztlich ertrinken.

Sie sank stetig weiter. Der lähmende Schmerz machte sie handlungsunfähig. Die Meereslandschaft bewegte sich immer schneller, je tiefer sie kam.

Auch John war von seiner Langsamkeit behindert und verfluchte, dass er nicht auf seine Flossen zurückgreifen konnte. Er wendete und folgte ihr langsam. Sobald er sie eingeholt und ihren Unterarm ergriffen hatte, um sie zu beruhigen, trat er für sie beide Wasser, während sie ihren Oberschenkel und ihre Wade massierte, bis der Schmerz nachließ. Aber die Aktion war nicht ohne Folgen geblieben.

Während des Absinkens hatte ihre schnelle Atmung viel wertvollen Sauerstoff verbraucht, sodass ihr jetzt weniger blieb, als sie brauchen würde, um an die Oberfläche zu kommen. Auch Johns Werte waren auf einen niedrigen Stand gefallen. Und sich Sauerstoff zu teilen, würde seinen Vorrat nur noch schneller aufbrauchen, womit sie beide verdammt waren. Ihnen würde die Luft ausgehen, bevor sie die Oberfläche erreichen konnten.

John sah nach oben, um Percival zu suchen. Der Mann war nirgends zu finden.

Von ihrer Position aus konnten sie Sonnenstrahlen sehen, die durch das klaffende Loch über ihnen fielen – ein Tor, so nah und doch so fern.

John stieg mit Alyssa im Schlepptau auf, doch sie schob ihn sanft von sich, um ihm zu bedeuten, dass es ihr gut ging und der Schmerz geringfügig war. Doch immer wieder sah sie auf ihre Sauerstoffanzeige, deren Nadel jetzt im roten Bereich lag. Und das Loch war zu weit weg.

Schlimmer noch, ihre Bewegungen blieben langsam.

Aus der Tiefe näherte sich ihnen etwas in einem fast senkrechten Winkel. John dachte sofort an einen Hai. Das Wasser hier war ein perfekter Lebensraum, weil es warm und voller Beute war. Und da Haie dank ihrer bemerkenswerten Sinne in der Lage waren, das Zappeln eines verletzten Tieres aus Entfernungen von bis zu anderthalb Kilometern wahrzunehmen, glaubte er, dass Alyssa die Aufmerksamkeit des Hais erregt hatte.

John trat Wasser und zog sein KA-BAR. Er war bereit, Alyssa den Rücken freizuhalten, während sie zur Oberfläche schwamm.

Sein massives Vorderteil näherte sich. An seinem Unterleib hing ein Schiffshalter, ein Aasfresser, der sich an den Bauch eines Raubtiers heftet, um die Reste einzusammeln, die bei der Nahrungsaufnahme abfallen.

Aber es war überhaupt kein Schiffshalter.

Und es war auch kein Hai.

Es war ein Tauchboot, unter dem sich Percival an einer Strebe festhielt. Das Gefährt verlangsamte und brachte sich in Stellung. Sobald es nah genug war, half John Alyssa an eine Strebe. Als alle einen festen Griff hatten, begann das Tauchboot, sie an die Oberfläche zu ziehen.

Sobald die Oberfläche des Tauchboots das Wasser durchbrach, ließen alle drei die Strebe los und tauchten auf.

Alyssa zog sofort ihre Maske ab und holte tief Luft, füllte ihre Lungen.

Luft hatte noch nie so süß geschmeckt.

–33–

DIE ÖLBOHRINSEL
AM NÄCHSTEN TAG

Am nächsten Morgen, kurz vor ihrer Abreise nach New York City und zum AIAA, befanden sich John und Alyssa in ihrem kleinen Zimmer. Alyssa war am Packen.

»Du bist so still«, sagte John. »Hast nicht viel gesagt, seit wir zurück sind.«

Sie steckte ein T-Shirt in den Rucksack. »Ich bin nur nachdenklich, das ist alles.«

»Über unser Gespräch?«, fragte er. »Darüber, dass wir zu unreif sind, um mit der Information auf der Tafel umzugehen?«

»Unter anderem.«

»Du glaubst immer noch, dass du ein Katalysator für einen Genozid werden könntest. Dass du eine Art dunkler Messias sein könntest.«

Sie nickte. »Es spielt aber keine Rolle. Ich habe mich dazu entschieden, der Regierung in keiner Weise zu helfen.«

John blieb still, bis ein Klopfen an der Tür erklang.

Es war der Seemann, der Junge voll Kraft und Elan, samt seiner Pickel. »Sir, mit Verlaub, Sir.«

»Was kann ich für Sie tun?«, fragte John belustigt.

»Sir, die Liga der Kommandanten würde gern mit Ms. Moore in der Kommunikationszentrale sprechen, Sir!«

»Die Liga der wer?«

»Der Kommandanten, Sir!«

»Junge, entspannen Sie sich, ja?«

»Sir, ja, Sir!«

John drehte sich zu Alyssa um. »Man ruft nach dir.«

»Das kam mir zu Ohren.«

Sie folgte dem jungen Seemann durch ein Labyrinth aus schmalen Gängen und über unzählige Treppen, die zur Kommunikationszentrale führten, wo Paul Scott und vier andere Männer in Militärkleidung hinter einem großen Tisch saßen. Ein einzelner Stuhl stand zum Zweck einer Befragung in der Mitte des Raums.

Scott erhob sich als Einziger. Dann zeigte er auf den einsamen Stuhl. »Wenn ich bitten darf, Ms. Moore.«

Sie setzte sich. »Das ist eine ziemlich unangenehme Situation«, bemerkte sie.

»Ms. Moore«, sagte Bill Earl, ein älterer Offizier mit einem gleichmäßig kurzen Bürstenschnitt. Er trug vollen militärischen Ornat mit Orden, Medaillen und Streifen auf den Epauletten. »Danke, dass Sie gekommen sind. Ich bin General William Earl. Die anderen Herren, die Sie hier heute sehen, sind hochrangige Mitglieder des Weißen Hauses und der Generalstabschefs.«

»Ich bin beeindruckt«, sagte sie. Aber das war sie nicht. Nicht wirklich. Allerdings wunderte sie sich über diesen Zirkus.

»Ms. Moore«, sagte Earl, »uns kam zu Ohren, dass Sie und Ihr Partner, John Savage, gemeinsam mit Dunleavys Team, einige wertvolle Informationen und spezielle Gegenstände entdeckt haben. Insbesondere die genauere Untersuchung eines davon könnte wichtig sein. Ist das korrekt?«

»Sie meinen für die militärische Nutzung, nicht wahr?«

»Ms. Moore, unserem Verständnis nach gibt es eine gewisse Tafel, die Informationen enthält, die weit über unser derzeitiges Verständnis der physikalischen Gesetze und Wissenschaften hinausgehen. Ist das wahr?«

»Meinen Sie die Tabula Smaragdina?«

»Ja. Wenn ich richtig verstehe, funktioniert sie ähnlich wie ein USB-Speicher, nur dass die Technologie dahinter sehr viel fortgeschrittener ist.«

»Alles in Atlantis ist sehr viel fortgeschrittener«, erwiderte sie. »Und ich sehe, dass sie bereits mit Lieutenant Commander Percival gesprochen haben.«

»Wir wurden von LC Percival eingehend über die Natur dieser Stadt, die Sie Atlantis nennen, informiert, ja. Was wir gerne hören möchten, Ms. Moore, ist Ihre Auffassung der Technologie in diesen Pyramiden unter uns. Wir wollen alles über die Schädel erfahren, über die Tafel und über die Kugel.«

»Ich weiß, dass sie bis zu einem gewissen Maß im Einklang miteinander arbeiten. Als Kollektiv. Aber in welchem Umfang ist mir schleierhaft.«

»Sagen Sie mir, was Sie über die Tabula Smaragdina wissen.«

»Sie ist all das, was Percival berichtet hat. Sie ist ein Instrument, das Daten in die Kugel einspeist. Die dient als Computermonitor, nur viel fortschrittlicher. Ohne die Tafel ist die Kugel nicht funktionsfähig.«

»Aber sobald die Tabula Smaragdina zugeführt wird, wird sie zu einer Fülle an Informationen über gewisse Wissenschaften, wie zum Beispiel die Physik, und über die Formeln, die das Licht krümmen würden, sogar die Zeit, und uns vielleicht das Wissen über die Erschaffung von Wurmlöchern brächte?«

»Sie haben definitiv mit Percival gesprochen«, sagte sie. »Habe ich recht?«

»Möglicherweise.«

»Inwiefern?«, fragte Scott.

Die anderen Offiziere blieben stumm und steif, obwohl sie Stifte auf Papier setzten und Informationen notierten, während sie sprach.

»Es ist definitiv eine Fülle an Informationen. Davon bin ich überzeugt. Nach dem zu schließen, was ich gesehen habe, was wir alle gesehen haben, könnten es Formeln von Konzepten gewesen sein, die wir noch lange nicht verstehen. Manche der Formeln sehen ähnlich aus. Wie es scheint, sind wir auf der richtigen Spur. Aber glauben Sie mir, wenn ich sage, dass der Weg, auf dem wir uns befinden, ein weiter ist. Ein sehr, sehr weiter.«

»Aber wenn wir diese Informationen besäßen, wenn Sie uns helfen könnten, einige dieser archaischen Symbole zu entschlüsseln, dann könnten wir die Sache beschleunigen und Zugang zu dieser Informationsfülle erhalten.«

»Wenn ich dazu geneigt wäre«, sagte sie. »Was ich nicht bin.«

Das traf General Earl unvorbereitet. »Warum nicht?«

»Weil jeder in diesem Raum irgendeine Verbindung zum Militär hat, was mir verrät, dass Sie und das Pentagon einzig daran interessiert sind, die Daten zu Kriegszwecken auszulesen.«

»Unser Motiv, Ms. Moore, ist, unsere Verteidigung zu verstärken. Ich bin sicher, dass Sie sich der aktuellen Entwicklungen hinsichtlich Terrorgruppierungen und deren Vorstöße in fremde Länder, inklusive der Vereinigten Staaten, bewusst sind. Unsere Grenzen sind nicht hermetisch abgeriegelt«, erklärte er ihr streng. »Sie sind in der Tat ziemlich durchlässig.«

»Das behaupten Sie«, kommentierte sie mit der gleichen Strenge. Dann beugte sie sich auf ihrem Stuhl vor, um ihrem Standpunkt Nachdruck zu verleihen. »Ich weiß, dass es um die Nachfolger und die Angst eines drohenden Krieges mit ihnen geht. Ich weiß, dass Sie befürchten, dass ihre Technologie die treibende Kraft hinter unserer Niederlage sein wird. Und damit haben Sie recht. Wir sind zu unreif, um mit einer derartigen Macht umzugehen. Und ich glaube, wenn Sie versuchen, sie sich nutzbar zu machen, wird das die Menschheit zu Fall bringen. Nicht die anderen. Uns. Sie werden mit den Informationen spielen und sie zusammensetzen und dann werden Sie sie missbrauchen, wie Sie alles Wertvolle missbrauchen, das man Ihnen gibt. Und wenn etwas schiefläuft … dann streiten Sie alles ab.«

»Ms. Moore«, sagte General Earl. »Wir brauchen Ihre Hilfe in dieser Sache.«

»General, die werden Sie nicht bekommen. Die Tafel ist verloren und es gibt niemanden, der ihnen bei der Übersetzung helfen kann.«

»Da irren Sie sich«, sagte Paul Scott. »Wir wissen ganz genau, wo sich die Tabula Smaragdina befindet. Tatsächlich bilden wir gerade einen Suchtrupp, um von der Spitze aus in den dritten Tempel einzudringen. Eine voll bewaffnete Einheit. Wie ich verstehe, sind diese Wächter, wie Sie sie so gerne nennen, mit Hellebarden und Streitäxten ausgestattet. Glauben Sie wirklich, dass die es mit Sturmgewehren aufnehmen können?«

»Ich habe es schon gesehen«, antwortete sie. »In der Türkei. In Eden. Voll bewaffnete Einheiten gingen rein – und jetzt raten Sie mal? Keiner davon kam wieder heraus.«

Die Generäle blieben stumm. Scott ebenfalls.

»Nichtsdestotrotz, Ms. Moore«, sagte General Earl schließlich, »werden wir diese Tafel finden und die nötigen Schritte unternehmen, um die Kugel als Quelle zur Informationssammlung zu nutzen. Und Ihre Dienste, wenngleich wir sie zu schätzen gewusst hätten, werden nicht benötigt. Sobald wir Professor Hillary von der Entdeckung der Tabula Smaragdina berichteten, bot er uns überaus gern seine Expertise in der Übersetzung antiker Texte und Symbole an. Tatsächlich wird er in Kürze hier eintreffen. Sie erinnern sich doch an Professor Hillary, nicht wahr?«

Natürlich tat sie das. Er war ein langjähriger Weggefährte und Kollege ihres Vaters gewesen, der nie aus seinem Schatten hatte treten können. Allerdings half er ihr und John Savage auf ihrer letzten Reise durch Eden. Und obwohl er längst nicht so präzise übersetzen konnte, wie sie, besaß er doch genug Grundwissen, um es zu tun und die Angelegenheit zu beschleunigen. Nicht sie wäre der Katalysator für das Armageddon der Menschheit, sondern er, sollte die Tabula Smaragdina entschlüsselt und all ihre Fakten in Erfahrung gebracht werden. Ungeachtet ihres Beharrens auf ihren Standpunkt, egal, wie sehr sie sich bemühte, die gegenwärtige Situation zu verändern, indem sie den Prozess zu verlangsamen versuchte, etwas schien immer dazwischenzufunken, sodass die Strategie nicht aufging.

Ist die Zukunft bereits vorherbestimmt?

»Danke für Ihre Zeit, Ms. Moore«, sagte General Earl ruhig. »Sie werden nach Florida zurückgebracht werden, von wo aus Sie einen Flug nach New York nehmen. Natürlich denke ich nicht, dass ausgesprochen werden muss, dass diese Information höchster Geheimhaltung unterliegt. Was Sie also gesehen und gehört haben, wird außerhalb dieses Zimmers nicht besprochen. Ist das klar?«

Sie nickte. »Eines noch«, sagte sie. »Sobald Sie alles Ihnen Mögliche von der Tafel erfahren haben … was geschieht mit den Nachfolgern?«

»Sie sind der Feind, Ms. Moore … und das geht Sie nichts an.«

»Sie sind nicht der Feind«, erklärte sie scharf. »Wir sind der Feind. Sehen Sie denn nicht, was hier passiert? Wenn Sie die Tafel übersetzen, dann wird diese Information gegen uns arbeiten. Etwas wird passieren, das eine weltweite, menschengemachte Katastrophe auslösen wird. Wir werden uns vor dem Jahr 2026 selbst zerstört haben, weil Sie diese Information missbrauchen! Diese Nachfolger sind passiv. Sie sind aus einem bestimmten Grund hier. Wenn wir uns selbst vernichten, dann werden sie die neuen Bewohner der Erde werden und übernehmen, was immer übrig ist, um es wieder aufzubauen.«

»Ist das ihre neue Theorie, Ms. Moore?«, fragte Earl.

»Meine was?«

»Ihre neue Theorie.« Der General blätterte in einigen Dokumenten in einer Aktenmappe und zog eine einzelne Seite heraus. Er folgte bestimmten Absätzen im Dokument mit dem Finger. »Genau hier«, sagte er und hielt die Fingerspitze irgendwo in der Mitte über das Papier. »Hier sagen Sie ausdrücklich in Ihren Berichten über Eden – übrigens von Professor Hillary bestätigt –, dass Sie nach der Übersetzung der Texte und Schriften zu dem

Schluss kamen, dass diese den Untergang der Menschheit im Jahr 2026 skizzieren … dass diese sogenannten Nachfolger einen Krieg um die Herrschaft führen. Wie sich die Schlacht um die uneingeschränkte Vorherrschaft abspielt, und wann, konnte allerdings nicht bestimmt werden.«

»Hören Sie. Der Text ist prä-sumerisch, was bedeutet, dass es unzählige noch nicht eindeutig übersetzte Zeichen gibt. Hillary und ich mussten die Syntax zusammenstückeln, um Bedeutungen zu erhalten, die wenigstens einen geringfügigen Sinn ergaben. Und so etwas führt zu einem hohen Maß an Fehlinterpretationen.«

»Ist das jetzt Ihre Auffassung, Ms. Moore? Dass Sie fehlinterpretiert haben?«

»Das habe ich. Nachdem ich die Bilder sah, sobald die Tabula Smaragdina eingesetzt wurde, nachdem ich sah, wie uns der Avatar die Bilanz unserer wiederholten Fehler zeigte, habe ich begriffen, dass ich möglicherweise fehlinterpretiert habe, ja.«

»Avatar?«

»Was? Hat Percival Ihnen nicht alles erzählt? Also, das schockiert mich.«

»Wie dem auch sei, Ms. Moore, entweder stehen Sie zu Ihren Übersetzungen, oder Sie tun es nicht. Wenn Sie sich über die Texte und den Kalender in Eden getäuscht haben, woher soll ich dann wissen, dass Sie sich nicht auch jetzt täuschen?«

»Sie müssen mir vertrauen. Ich bin mir jetzt ganz sicher, dass der Grund, warum der Kalender in Eden im Jahr 2026 endet, in etwas zu finden ist, das passieren wird, nachdem Sie das Wissen der Tafel angezapft haben. Wir sind einfach noch nicht so weit.«

»Das behaupten Sie«, bemerkte der General. »Gute Reise, Ms. Moore.«

»Sie verstehen nicht …«

»Ich verstehe, Ms. Moore«, erwiderte er scharf, »dass diese Sitzung beendet ist. Also haben Sie noch einen schönen Tag.« Sein stechender Blick durchdrang sie.

»Sie sind alle Schwachköpfe«, sagte sie als letzte spitze Bemerkung. »Jeder Einzelne von Ihnen … Schwachköpfe.«

Alyssa stand auf und verließ den Raum.

Sie kochte vor Wut.

–34–

DIE ÖLBOHRINSEL
DIE KAMMER DES HOMINIDEN

Alyssa wagte sich zur Kammer, die den Hominiden beheimatete. Im Raum saß eine Frau hinter einem Computer. Sie sah aus wie eine Gelehrte, mit einem konservativen Haarschnitt, einer Brille mit dickem Rahmen und schönen Zügen für eine Frau ihres Alters – sie war etwa Ende vierzig. Ihr Name war Sherry Bagley. Und sie war eine der berühmtesten Anthropologinnen des Landes.

Als sich Alyssa näherte, sah sie von ihrem Schreibtisch auf. »Kann ich Ihnen helfen?«

Der große Hominid saß reglos in einer Ecke und beobachtete sie.

»Hallo«, sagte Alyssa. »Sie kommen mir bekannt vor.«

»Kann ich Ihnen helfen?«, wiederholte Bagley. »Hier ist der Zutritt beschränkt.«

»Auch nicht beschränkter als da, wo ich gerade herkomme«, sagte Alyssa.

Sherry legte den Kopf leicht schief, als sie plötzlich realisierte, wer diese Person war. »Sie sind Alyssa Moore, nicht wahr?«

»Bin ich, ja.«

Bagley lächelte, stand von ihrem Stuhl auf und kam mit ausgestreckter Hand durch den Raum. »Es freut mich, Sie kennenzulernen.« Sie behandelte Alyssa jetzt wie einen Rockstar. »Ich kenne Ihre Arbeit. Und die Ihres Vaters.«

»Danke.«

»Ich bin Sherry Bagley.«

Alyssa blieb der Mund offen stehen. Das war noch ein Rockstar. »Ich wusste doch, dass Sie mir bekannt vorkommen«, sagte sie. »Und ich bin mit Ihrer Arbeit vertraut.«

Sie schüttelten einander die Hand, zwei Menschen mit einem gemeinsamen Interesse an der Kunst der Wissenschaft.

»Ich hörte, dass Sie zurückgekommen sind«, sagte Sherry. »Eine entsetzliche Zeit, oder?«

»Gelinde gesagt.« Alyssa drehte sich um und ging zur Plexiglaswand des Käfigs des Hominiden. »Haben Sie ihn eingehend studiert?«

Sherry stellte sich neben sie. Beide musterten den Hominiden etwa genauso eingehend wie er sie. »Habe ich«, antwortete sie.

»Und Sie stellten fest, dass er vollständig menschlich ist?«

Bagley war von Alyssas goldrichtiger Vermutung überrascht. »Seine DNA-Kette unterscheidet sich in weniger als einem Zehntelprozent von unserer eigenen. Er besitzt exakt dreiundzwanzig Chromosomenpaare, genau wie wir. Blutgruppe 0. Und zweihundertsechs Knochen in seiner Skelettstruktur …«

»Also ist er allem Anschein nach … menschlich.«

»Allem Anschein nach … ja. Es gibt sechzehn Familien und zweiundsiebzig Genera in der Klasse der Primaten. Jetzt müssen wir dieser Liste noch einen Eintrag hinzufügen.«

»Sie klassifizieren ihn also als Primaten?«

»Absolut. Er war schon da, als der Cro-Magnon und der Neandertaler noch Speere auf Karibus warfen. Die

Ordnung, aus der er sich entwickelte, bleibt allerdings noch ein Rätsel.«

Er wurde erschaffen, wollte Alyssa sagen. *Genau wie wir. Der Planet wurde von einer fortschrittlicheren Rasse besamt.* Doch sie hielt den Mund.

»Er ist geschlechtslos«, sagte sie stattdessen. *Wie erklären Sie das?*

»Das ist er«, antwortete Sherry. »Keine nennenswerten Genitalien. Keine Fortpflanzungsorgane. Aber er verfügt über ein voll funktionsfähiges Harnsystem. Ich vermute, dass dieses spezielle Exemplar durch irgendeine Zeremonie zum Eunuchen gemacht wurde. Aber das ist wirklich nur eine reine Vermutung. Allerdings gibt es keine Anzeichen von Narben, die meine Theorie stützen würden. Ein Rätsel, nehme ich an.«

Nicht wirklich, dachte Alyssa.

»Wenn Sie mich jetzt entschuldigen würden«, sagte Sherry. »Ich muss mich wegen meiner Erkenntnisse mit Mr. Scott treffen.«

Alyssa lächelte. »Natürlich.«

Nachdem Sherry Bagley den Raum verlassen hatte, ging Alyssa zur Plexiglasscheibe und legte ihre Hand dagegen. Anders als die Nachfolgerin in der dritten Pyramide, die die Hand ausgestreckt hatte, um mit ihr in Verbindung zu treten, blieb der Hominide in seiner Ecke und beobachtete sie.

»Du bist ein Mensch«, sagte sie laut. »Du bist wir … wir sind du.«

Der Hominid wandte sich ab.

»Ohne eigenes Verschulden wurdest du unseretwegen verdammt. Du bist hier fehl am Platz. Und ich weiß, dass du hier bist, um die zu beschützen, die sich nicht selbst beschützen können. Du warst ein Wächter, nicht wahr? Ein Retter, der ihnen helfen wird, sich anzupassen, sobald meine Art sich selbst ausgelöscht hat. Ist es nicht so?«

Der Hominid antwortete nicht. Er sprach nicht. Er saß nur zusammengekauert an der Wand, bis er sich in Embryonalstellung einrollte.

Alyssa wollte weinen.

–35–

An der Stelle, an der Lieutenant Commander Percival die Tabula Smaragdina zurückgelassen hatte, hob ein Paar blasser Hände sie auf und überprüfte sie auf Schäden. Als der Hominide bestimmt hatte, dass die Tafel in Ordnung war, brachte er sie wieder zur rotierenden Kugel zurück, steckte sie in die Aushöhlung des Podiums und fuhr mit dem Finger über bestimmte Symbole, als gäbe er einen Code ein.

Dieser Hominid war anders als die Wächter. Er war größer als die meisten; er maß mehr als zweieinhalb Meter. Und sein Kopf war seltsam geformt. Ein länglicher Schädel. Im Laufe der Jahrhunderte hatte die Alte Rasse diesem Erschaffer viele Namen gegeben. Doch der, der überliefert wurde, war Thoth, auch wenn Thoth nicht sein richtiger Name war. Er war der Hüter der Neuen Art und ein Aufseher, der sein Volk aufsteigen und gedeihen sehen würde, sobald die Alte Art ausgestorben war.

Er war kein Gott.

Aber ein Mensch aus der Zeit vor der Menschheit.

Als das Tablet aufflackerte und kartografische Linien auf der Kugel erschienen, tippte er weiter auf bestimmte Symbole, um holografische Bilder zu aktivieren.

Der Alte Erschaffer wirkte sehr greise und zerfurcht. Seine Schultern sackten herunter, während er sich mit einem Eifer bewegte, den die Zeit verlangsamt hatte. Auch wenn man jahrhundertelang in Stasis war, alterte man weiter, wenn auch viel langsamer. Jetzt hatte er die Dämmerung seines Lebens erreicht.

Die drei übrigen Wächter gesellten sich zu dem Alten Erschaffer bei der Kugel. Worte waren nicht nötig. Die Kommunikation erfolgte durch Zucken und Mimik. *Drei der Alten Art sind durch die Öffnung in der Pyramidenspitze entkommen.*

Mit einem kleinen, bestätigenden Nicken richtete der Alte Erschaffer seine Aufmerksamkeit wieder auf die Tafel und tippte weiter mit den Fingerspitzen auf Schlüsselsymbole.

Der Fortschritt war langsam. Geduld war seine Tugend. Doch Zeit war entscheidend.

Bilder aus der Vergangenheit tauchten auf, die aufgezeichnete Geschichte des Versagens der Menschen als Volk, eine Bilanz, die die Spezies stetig in einen Abgrund führte, aus dem es kein Zurück mehr gab.

Weiteres Tippen auf der Tafel.

Jetzt beobachteten sie eine kleine Streitmacht aus erfahrenen Soldaten, die sich auf die Stadt unter dem Meer zubewegte. Sie steuerten auf die Module zu: mehrere U-Boote mit Kriegern, die darauf trainiert waren, mit äußerster Härte vorzugehen.

Der Alte Erschaffer schloss die Augen, als ihn Traurigkeit überkam. Er wusste, dass ihre Zeit begrenzt war. Die Wächter konnten nicht viel mehr tun, als für eine Sache zu kämpfen, die hoffnungslos war. Und die Nachfolger würden vernichtet werden, weil man sie als Bedrohung für die alte Ordnung verunglimpfen würde.

Die Traurigkeit des Erschaffers wurde überwältigend.

Jene in Atlantis würden sich niemals vermehren und die Stadt war verloren.

Doch es gab andere Städte und andere Stationen auf der ganzen Welt.

Der Alte Erschaffer tippte weitere Symbole an, während die Wächter zusahen.

Neue Bilder tauchten auf, allesamt dreidimensionale Darstellungen der nahen Zukunft. Das alte Regime würde Kämpfe austragen und Leben würden verloren. Die Unschuldigen würden gemeinsam mit den Unwissenden und den Machthungrigen, die nach Grausamkeit strebten, umkommen.

Dann verschwanden die Bilder und ließen nichts als eine blanke Fläche zurück.

Der alte Erschaffer begann, fieberhaft auf die Oberfläche der Tafel einzutippen. Er bewegte sich mit einem Gefühl der Dringlichkeit.

Nichts.

Weiteres Tippen.

Noch immer nichts.

Die Bilder, die einst zeigten, wie die Neue Art ein Land wiederbevölkerte, in dem Bäume wuchsen, anstatt dem Erdboden gleichgemacht zu werden, wo Familien aufwuchsen, die Luft atmeten und Wasser tranken, die frei von Giftstoffen waren – ein Ort, von dem die Alte Art nur träumen konnte, ein Utopia, waren fortgespült worden.

Es war fort.

Alles.

Irgendwie war die Zukunft gelöscht und neu geschrieben worden.

Etwas würde geschehen, was den Zeitplan ändern würde. Falls es nicht bereits geschehen war.

Der Alte Erschaffer tippte weitere Symbole an.

Nichts.

Resigniert schaltete er die Tafel ab.

Er stand zwischen seinen Brüdern und sah zu, wie sich die Kugel immer langsamer drehte, bis sie stillstand.

Im Moment hatte die Zukunft einen anderen Kurs eingeschlagen. Einen dunklen. Wenn der Zeitplan nicht bald geändert werden würde, käme ein Zeitpunkt, an dem es kein Zurück mehr gäbe. Es gäbe keine Rettung, keine Erlöser, die alles Unrecht gutmachen könnten.

Es gäbe keine Zukunft.

Und die Erde würde zu einem toten Planeten.

Der Alte Erschaffer sah auf die Tabula Smaragdina und fragte sich, ob sie das Gerät wäre, das alles ändern würde, falls die Alte Art ihre Geheimnisse erführe.

Ein Dilemma, das ihm jetzt zur Herausforderung wurde.

Wenn er die Tafel zerstörte, würde er auch ihre gesamte Rasse zerstören. Wenn er ihr jedoch erlaubte, fortzubestehen, könnte sich das Potenzial der Menschheit sich ihre Theorien zunutze zu machen und sie für militärische Fehler einsetzen, als Katalysator für die globale Auslöschung erweisen.

Doch das war nur Spekulation.

Stumm gab der Alte Erschaffer den Wächtern den Befehl, die Tafel in einem Gewölbe zu verstecken, das hinter Tonnen von Stein verborgen und gut von tödlichen Fallen bewacht war. Atlantis kämpfte nicht um die Rettung seines Lebens, sondern um die Rettung eines Planeten, dessen Krankheit sich wie ein schnell wachsendes Krebsgeschwür ausbreitete.

Es blieb noch Zeit.

Es gab noch Hoffnung.

Obwohl beide schwanden.

Ein Wächter hob die Tabula Smaragdina vorsichtig von ihrem Podest, verneigte sich leicht vor dem Alten

Erschaffer und machte sich auf den Weg zum Gewölbe tief in Atlantis.

–EPILOG–

DAS AIAA
NEW YORK CITY

Endlich waren sie zu Hause. Der Flur war düster und in Schatten versunken. Das Haus wirkte leer und grabesstill, wie von einer dunklen Aura durchdrungen. Im Flur schwang das Pendel einer Standuhr gespenstisch im Takt hin und her. Die Zeit verging tickend.

Sobald sie das Hauptbüro des AIAAs betraten, schaltete Alyssa das Licht ein. Die Schatten verschwanden.

John stellte den Rucksack auf den Boden, ging zu ihr und umarmte sie. Die beiden küssten sich.

Als er sich von ihr löste, lächelte er. »Es ist wirklich nirgends schöner als daheim, nicht wahr?«, sagte er. »Und ich für meinen Teil bin froh, wieder hier zu sein.«

Sie lehnte die Seite ihres Kopfes an seine Brust und konnte seinen Herzschlag hören. Er war stark und gleichmäßig. »Ich mache mir Sorgen«, sagte sie zu ihm.

»Worüber?«

Sie löste sich von ihm und sah ihm in die Augen. »Wenn sie diese Tafel in die Hände bekommen«, sagte sie, »fürchte ich, dass unsere Zukunft von kurzer Dauer sein wird.«

»So darfst du nicht denken, Alyssa. Das Militär wird Vorsichtsmaßnahmen ergreifen. Davon abgesehen könnte es zu schwer für Hillary sein, die Tabula Smaragdina zu übersetzen – falls sie sie überhaupt finden. Vielleicht finden sie gar nichts heraus.«

Sie antwortete nicht.

»In diesem Moment«, setzte John nach, »liegt die Zukunft in *unseren* Händen. Wir werden uns ändern, Alyssa. Wir werden uns ändern, weil wir es müssen.« Er zog sie wieder an sich. »Ich mache dir einen Vorschlag. Warum gehen wir nicht hoch und gestalten unsere eigene Zukunft?« Er schenkte ihr einen verspielten, lasziven Blick. »Lass uns aufhören, uns darüber zu sorgen, was die Zukunft bringen *könnte* … Denken wir lieber daran, was die Zukunft bringen *kann*.«

»Ich will eine Familie, John.«

»Das weiß ich. Ich auch. Also sollten wir aufhören zu prophezeien, was passieren könnte, und uns lieber mit der Gegenwart beschäftigen. Und willst du wissen, was ich mehr will als alles andere?«

»Was denn?« Sie lächelte.

»Ich will meine Kinder nach Disney World bringen. Was ist mit dir? Sollten Eltern das nicht wollen? Ihre Kinder nach Disney World bringen?«

Ihr Lächeln wurde strahlend. »Das hat man mir so erzählt.«

Er lenkte sie zur Treppe, die zum Schlafzimmer hinauf führte. »Dann lass uns unsere eigene Zukunft gestalten«, sagte er. »Ich glaube, sie wird strahlend sein.«

Doch John Savage sollte sich täuschen.

Voll und ganz.

Die Zukunft *war* umgeschrieben worden, aber nicht zum Besseren.

Er schloss die Schlafzimmertür hinter ihnen.

– E N D E –

»CHESLER VERSTEHT ES, WISSENSCHAFT UND ABENTEUER AUF ÄHNLICH MEISTERHAFTE ART MITEINANDER ZU VERSCHMELZEN WIE MICHAEL CRICHTON.«

DOUGLAS CORLEONE,
Autor von **ROBERT LUDLUMS** DIE JANSON-VERSCHWÖRUNG

★★★★★

»Nicht vielen Autoren gelingt es, den Leser mit dem ersten Wort zu packen und die Spannung bis zum letzten Kapitel aufrecht zu erhalten. Diesem hier schon.«

AMAZON.COM

LUZIFER
VERLAG

Zeitfracht Medien GmbH
Ferdinand-Jühlke-Straße 7,
99095 - DE, Erfurt
produktsicherheit@zeitfracht.de